A caixinha de PanDora

DRICA PINOTTI

A caixinha de PanDora

e os segredos para se tornar popular!

Copyright © 2011 by Drica Pinotti

Direitos desta edição reservados à
EDITORA ROCCO LTDA.
Av. Presidente Wilson, 231 – 8º andar
20030-021 – Rio de Janeiro, RJ
Tel.: (21) 3525-2000 – Fax: (21) 3525-2001
rocco@rocco.com.br
www.rocco.com.br

Printed in Brazil/Impresso no Brasil

Gerente Editorial
ANA MARTINS BERGIN

Preparação
HÉLLEN DUTRA

Capa e projeto gráfico
MARI TABOADA

Ilustrações
BRUNO PAIVA E ANDRÉ OLIVEIRA

CIP-BRASIL. CATALOGAÇÃO NA FONTE
SINDICATO NACIONAL DOS EDITORES DE LIVROS, RJ

P725c   Pinotti, Drica
A caixinha de Pandora: e os segredos para se tornar popular! /
Drica Pinotti. – Rio de Janeiro: Rocco Jovens Leitores, 2011. (Altas ajudas)
ISBN 978-85-61384-21-0
1. Adolescentes (Meninas) – Literatura infantojuvenil.
2. Pais e adolescentes – Literatura infantojuvenil.
3. Interação social em adolescentes – Literatura infantojuvenil.
4. Relações humanas na adolescência – Literatura infantojuvenil.
I. Título. II. Série.
07-2770   CDD: 028.5   CDU: 087.5

Este livro obedece às normas do Acordo Ortográfico da Língua Portuguesa.

SUMÁRIO

1. Um dom? — 9
2. Dispensando apresentações — 15
3. Tô bege! — 21
4. De olho no "mais" — 27
5. FOFOQ'S — 33
6. As férias sonhadas — 39
7. Abrindo a caixinha de Pandora — 47
8. Tão só! — 53
9. O retorno... — 59
10. De cara com "mais" problemas — 65
11. No cardápio, "mais" conselhos sábios! — 73
12. Todo mundo foi, menos eu! — 81
13. Júpiter e Mercúrio brigam no meio-céu! — 87
14. Dez lições de popularidade — 93
15. As lições de dona Emily na prática! — 101
16. Tornando-se o centro do mundo — 107

17. Uma festa de arromba 113
18. Enfim o "MAIS" 131
19. A lição que dona Emily não ensinou 139
20. Ninguém merece! 147
21. Caindo na real 155
22. Pedir desculpas é uma arte 163
23. Rogerinho é o meu número 171
24. Dolorosas consequências 183
25. Enterrando o passado 189
26. Notícias de última hora 193

Aos amigos, agradeço de coração! 199

A caixinha de PanDora

1. Um dom?

Simpática! Realmente eu era, sim, considerada a simpática da turma e com o maior orgulho. Eu podia não ser considerada linda de morrer, nem magra de dar inveja, nem mesmo a mais inteligente, mas o título de Miss Simpatia era meu. Ninguém poderia me tirar! Será?

Eu acreditava que sim. Levava isso tão a sério que a simpatia e o carisma eram o meu rótulo, a marca carimbada em minha testa. E todos diziam: lá vem a Dora, a Simpática. Tinha esperanças até de um dia o JB, um garoto lá do colégio, compor um rap em homenagem à minha maior qualidade. Que pretensão a minha!

Meu pai sempre me fez acreditar que o meu carisma, um dom dizia ele, me levaria a algum lugar muito especial. Eu vivo sonhando e tentando imaginar que lugar seria esse, pois até hoje eu chego aos meus compromissos de carro, ônibus ou metrô. E de especial na minha vida só as promoções especiais na minha loja favorita, o que não vem a ser algo fantástico, considerando a atual situação financeira dos meus pais. Nada além disso!

Tagarela e verbalmente descontrolada, eu não consigo ficar calada. Faço amizade com muita facilidade, seja na escola, na lanchonete, no ônibus, onde eu estiver, seja qual for o assunto, eu me comunicarei. Confesso que isso já me trouxe problemas e desafetos, além de algumas amizades desfeitas prematuramente (muito prematuramente, ou seja, pouco antes de começar). Deixando a modéstia de lado – afinal, ser modesta também não é um ponto forte na minha personalidade –, posso dizer que a minha mania de falar, ou melhor, o meu vício, já me causou, pelo menos, umas quarenta expulsões da sala de aula, umas dez advertências e por três vezes meus pais foram chamados à escola, só neste ano, e aconselhados a me levarem ao psicólogo ou psiquiatra, o que eles preferissem. Talvez até uma fonoaudióloga especializada em garotas que falam demais, mas nem sei se isso existe. Dá para acreditar? E ainda dizem que vivemos em um país onde temos liberdade de expressão! Cadê?

Outro dia ousei dizer isso a um professor, quase fui expulsa da classe novamente. Mas ele se contentou em dizer que eu não era um bom exemplo de falta de liberdade de expressão e, sim, um exemplo de perturbação da ordem! Praticamente uma terrorista da oratória! Como assim?

Há alguns meses chegou uma garota nova no colégio. Como sempre, fui dar as boas-vindas, afinal ninguém melhor que eu para fazer isso, já que tenho o título "honorário informal" ou de "quase" relações públicas do colégio. Aliás, alguns professores de boa vontade até incentivam essa minha vocação.

O nome dela é Mariana (dela, da garota nova, presta atenção na história, por favor!). Pois bem, Mariana, ao contrário de mim, é uma garota muito acanhada, fala pouco, mas é dona de um sorriso cativante, além de ser privilegiada em seus atributos carnais, se é que você me entende. Os meninos a chamam de gostosa (pronto, falei). Mariana, é claro, no auge de sua timidez, odeia o título de "nobreza" que lhe foi atribuído. Título pelo qual eu sucumbiria de bom grado, com um sorriso largo no rosto, me achando (típico de mim!).

Apresentei minha nova amiga a todas as pessoas relevantes do colégio. Desculpem se parece preconceito ou arrogância, mas não acho que apresentá-la a rãs e cobras do laboratório (no sentido literal da palavra, galera, *helloooo!*) faça alguma diferença em sua vida. Outra turminha excluída das apresentações, por motivos semelhantes (ausência de funcionamento cerebral!), foi a do "fundão", também conhecidos como maconheiros, pervertidos, bêbados e alienados. Ok, ok! Eu até admito que há um pouco de exagero nos comentários sobre essa galera do "mal", mas como eles mesmos nunca fizeram questão de desmentir, não serei eu a advogada de defesa. Afinal, eu não costumo advogar a favor de causas perdidas; quando entro numa briga, entro pra ganhar, mas isso não vem ao caso.

O fato é que Mari (depois de trinta minutos!) e eu agora somos íntimas. Apesar de Mari ter falado apenas sim e não durante esses trinta minutos, eu senti imediatamente que seríamos ótimas amigas. Claro! Combinamos perfeitamente. Eu falo, ela escuta. Eu faço amigos e apresento todos para ela, Mari é uma garota de poucas palavras como vocês já devem ter percebido, e isso, aqui nesta escola, não é muito bem-visto, é praticamente uma sentença de solidão.

Sem a minha ajuda, ela certamente estaria condenada a vagar pelos corredores do colégio sem que quase ninguém a notasse, nem teria companhia na hora do intervalo (isso era o que eu imaginava!). Exceto, é claro, pelos seus dotes estéticos dos quais já falamos.

Já havia se passado quase um mês e meio do início das aulas quando Mariana entrou na minha classe. Obviamente ela estava atrasada com a matéria, e eu obviamente a ajudaria a se atualizar.

Naquela mesma tarde, Mariana me convidou para ir à sua casa.

— Dora, você poderia passar à tarde na minha casa? Minha mãe não estará por lá, e poderemos conversar sobre a matéria atrasada sem ninguém para perturbar. Se você puder, claro.

— Posso sim. Tenho apenas que ligar para minha mãe e avisá-la que estarei na casa de uma amiga estudando. Mas ela é gente boa e vai deixar.

— Sua mãe parece legal!

— Ela é ótima, também, se não fosse, eu já teria pirado! E a sua mãe como é?

— Uhhh... – Mariana murmurou hesitante. – Ela é um pouco diferente das outras mães, eu acho.

— Nossa, que resposta vaga! Diferente? Diferente como? Que tipo de mãe ela é? Ela é legal ou é daquelas que pegam no pé o tempo todo?

— Acho melhor voltar para a aula, estou tão atrasada com a matéria que não posso perder mais nem um minutinho das explicações dos professores.

Claramente Mariana quis fugir do assunto "mães", não deve ter um relacionamento muito fácil com a dela; compreensível tratando-se de uma garota de catorze anos. Também passo por dramas semelhantes lá em casa. Eu pensei e achei melhor não tocar mais no assunto. Quando ela sentir vontade de falar e tiver confiança em mim, poderá se abrir.

2. Dispensando apresentações

Na saída do colégio, tive a sensação de que todos os olhares se voltavam para mim. Ou seria para a Mariana? Mas por que todos olhariam para a novata? Curiosidade talvez? Ela não era a primeira garota bonita que havia se mudado para o colégio naquele ano. Como eu não costumo ler jornais (deveria, até mesmo por uma questão de conhecimento. Eis um defeito meu!), muito menos as páginas das revistas de fofoca ou as colunas sociais que geralmente vivem e sobrevivem de meter a colher no pudim alheio, deixando as pessoas famosas em situações constrangedoras, aniquilando a sua privacidade e revelando de forma cruel seus segredos mais cabeludos. Então, como eu ia dizendo, não sou chegada nesse tipo de coisa, não fazia ideia do que estava se passando, até que minha melhor amiga, Rafaela (Paula Rafaela, para ser mais exata!, mas Rafa para as íntimas), se aproximou.

Pensando bem, eu também não me apresentei. Nossa, que falta de educação a minha! Muito prazer, eu sou Pandora, mundialmente (pelo menos no meu mundo!) conhecida como Dora. Sei que deve parecer estranho uma garota chamada Pandora, mas acredite, eu até gosto. Quem escolheu meu nome foi a minha mãe. Ela adora mitologia grega e, pouco antes de eu nascer, ela estava lendo o mito de Pandora (palavra grega que significa: cheia de dons ou bem-dotada, significado perfeito para mim, como vocês devem ter notado). Aquela que foi criada por Zeus (deus grego) e recebeu dos outros deuses diversos dons: beleza, talento musical, entendimento sobre colheita, enfim, uma mulher de charme, inteligência e elegância, além de outras qualidades impróprias para serem comentadas entre meninas da nossa idade. Pandora foi enviada como presente a Epimeteu (que coisa machista, diga-se de passagem) para ser a sua esposa. Ela, na verdade, era um castigo (outra coisa machista, como uma mulher linda e cheia de dotes pode ser considerada um castigo? Fala sério!) pela desobediência dele e de seu irmão Prometeu. Mas o fato é que Pandora era muitíssimo curiosa e encontrou na casa de Epimeteu um baú de conteúdo misterioso. Daí pronto, não se pode dizer a uma garota para não mexer em algo. É como dizer a uma criança que tem sorvete na geladeira, mas que ela não pode tomar. Funciona? Claro que não! Pelo menos com meu irmãozinho, não mesmo!

E com a Pandora da mitologia também não funcionou. Ela abriu a caixa e deixou escapar toda a desgraça da humanidade! Coisas básicas como mentira, inveja, arrogância, vingança, miséria, fome e guerra, entre outras coisinhas. Mas diz a lenda que ela conseguiu fechar a caixa antes que a desesperança conseguisse sair. Ufa! Pelo menos ela salvou nossos sonhos por um mundo melhor!

Voltando ao que interessa, Rafaela me chamou num canto para contar algo muito interessante sobre minha recém-chegada amiga.

– O que você está fazendo com a Mariana Oliveira Castro?

– Mariana é aquela aluna nova de que te falei, e o professor Jorge (o seboso) me pediu para ajudá-la a se sentir à vontade na escola. E você sabe que eu adoro dar as boas-vindas aos novos alunos... então...

Pausa para um detalhe: Jorge, o seboso, é conhecido por este apelido pouco lisonjeiro por manter um cabelo enorme, oleoso e sujo. Ele acha que isso lhe trará de volta a juventude perdida. E bota perdida nisso, talvez ela tenha ficado lá na década de 1970!

Mas voltando ao fuxico com a Rafa... ela me interrompeu e disse:

– Então você ficou tagarelando sobre sua vida, sua história, seus amores... seus...

– Ai, Rafa! Até parece que eu sou...

– E se esqueceu de deixá-la falar?

– Quase isso, eu acho! Eu perguntei muitas coisas... mas...

– Mas ela parecia não querer comentar. É isso?

— É, como você sabe? Você não estava lá! Ou estava?
— Não, Dora. É que a cidade inteira sabe! Ou melhor, quase o país inteiro sabe...menos você!
— Sabe o quê?
— Que Mariana Oliveira Castro é filha de Manuela Oliveira Castro...
— A atriz Manuela Oliveira Castro? Aquela linda, perfeita, que namorou aquele ator maravilhoso e depois saiu naquela revista masculina e...
— Isso mesmo, Dora! Essa mesma! E tem mais... o pior é que Manuela Oliveira Castro se separou do pai da Mariana para se casar com um político, um senador.
— Pior...? Pior por quê? Eu adoraria se meu pai fosse senador! Imagina? Ser amiga das filhas do presidente? Ir às festas da capital da República... sair nas capas das revistas! Isso seria maravilhoso, Rafaela! Não seria?
— Só que no caso dela, a história não termina assim. De Cinderela, ela passou a Gata Borralheira e não o contrário!
— Rafaela, será que você pode parar de rodeios e explicar melhor! Pois eu ainda não entendi. E olha que meus neurônios são rápidos, muito espertos e costumam funcionar em perfeita harmonia.
— Dora, você precisa começar a ler jornais, minha santa!
— Aiiii... fala logo, saco!
— O padrasto de Mariana Oliveira Castro é o senador Rubídio Gilson Cognato. Já ouviu falar?

— Espera aí, acho que ouvi meu pai falar este nome outro dia. Ele estava um pouco irritado, reclamando da política do país, do preço das coisas... enfim, o de sempre, nenhuma novidade. Mas ele falou desse homem para a minha mãe e parecia especialmente irritado.

— O país inteiro está irritado com esse cara, Dora. Ele foi acusado de desviar verbas do governo e parece que a coisa é pior do que a imprensa está mostrando. Ele se defende e diz que não fez nada, mas você sabe que isso é praxe. Todos os corruptos dizem o mesmo quando são pegos.

— É mesmo, eles pegam o dinheiro do povo, depois fazem cara de anjo chorão e injustiçado na TV, e fica tudo por isso mesmo. Nossa! Coitada da Mariana! Por isso que ela se fechou quando eu fiz perguntas sobre a mãe dela. Deve estar morrendo de vergonha.

— Eu também estaria se estivesse no lugar dela.

— Mas ela não tem culpa, Rafaela. Ela não roubou ninguém!

— Tá bom, ela não roubou ninguém, mas deve passar férias em Nova York, Paris, sem contar as inúmeras viagens à Disney. E tudo isso com que dinheiro? Me diz, Dora, com que dinheiro?

— Sei lá, com o dinheiro da mãe dela, ora!

— Ela está chegando, disfarça!

— Então, Dora? Vamos para minha casa estudar? – disse Mari, quando se aproximou.

– Claro! Ah! Mariana, essa é minha amiga Rafaela.

– Oi, Rafaela, eu sou Mariana. Tudo bom?

– Joia. E você, belê? – Rafa, limitou-se a responder.

– Tudo. Você gostaria de ir com a gente à minha casa estudar? É que estou começando hoje e praticamente no meio do bimestre. Então você pode imaginar quantas coisas eu preciso ver antes das provas?

– Eu adoraria, mas tenho que ir ao shopping com a minha mãe! Mas fica pra próxima, tchau – disse Rafa, se afastando mais rápido que um foguete. Parecia louca para tomar distância de Mariana, antes que algo a contaminasse.

– Vamos, Dora?

– Claro, vamos!

3. Tô bege!

Eu que achei que minha família tinha problemas, que não éramos normais. Agora eu tenho absoluta certeza de que somos normais. Somos normalíssimos! Afinal de contas, o que são algumas discussões por causa dos gastos no cartão de crédito, das minhas inúmeras advertências no colégio, ou por causa do fato do meu irmãozinho adorar brincar de matar minhas bonecas a "pauladas", facadas e queimadas com esqueiro? E ainda, depois de tudo isso, derramar ketchup na cara delas simulando um assassinato sangrento com requintes de crueldade. Isso não faz dele um psicopata, faz? (Ok, isso é estranho para um garoto de cinco anos, mas minha mãe já prometeu levá-lo ao psicólogo. O mesmo que me recomendaram!) Mas como eu ia dizendo: somos, sim, normais.

Quando chegamos à casa da Mariana, eu mal podia acreditar. Era maravilhosa, tipo casa que a gente só vê no cinema, sabe? Vários andares, muitos quartos, muitos banheiros e a sala, então? Praticamente do tamanho de todo o apartamento em que moro com meus pais. A piscina tinha uma cascata de três metros de altura e um trampolim. Uau!

Mas do que eu mais gostei foi o quarto da Mariana. Tinha absolutamente tudo com o que já sonhei na vida! Até uma foto dela com Ricky Martin! E outra com o meu amado, idolatrado Danny! Isso mesmo, a Mariana conheceu o Danny, do Mcfly, pessoalmente! Nossaaaaa! Muito irado!

Mas preciso me controlar, não posso ficar dando bandeira de que nunca entrei em uma casa assim. Então é melhor eu sussurrar o meu mantra e me acalmar! (Mentalmente: Calma, Dora! Calma! Calma, linda Dora! Calma!)

Como alguém que mora em um lugar tão lindo pode ter aquela cara tão triste e amuada? Pois era assim que Mariana me parecia quase o tempo todo. Triste, amuada, preocupada e infeliz.

Ela só se permitia sorrir no auge de algumas das minhas palhaçadas. E eu nem te conto que usei praticamente o meu repertório inteiro para ver se conseguia alegrá-la.

Até que ela resolveu se abrir: contou os detalhes sobre tudo o que a Rafaela já havia me falado, disse como se sentia e que muitas pessoas haviam se afastado dela por a considerarem responsável de alguma forma.

Como uma garota de apenas catorze anos poderia ser responsável pelos atos de seu padrasto? Principalmente porque muitas de nós nem conseguimos entender direito o trabalho dos nossos pais. Quem poderia julgá-la? Ainda mais por desfrutar daquela vida? Eu também queria aquela vida.

Porém, Mariana revelou que o comportamento de seu padrasto era o que menos a incomodava; ele era apenas mais um dos muitos maridos que sua mãe já teve. E se ele fez algo de errado contra o país, o país que o julgasse, condenasse e prendesse. Para ela, o destino de seu padrasto pouco importava. Seu verdadeiro problema era sua mãe: a famosa Manuela Oliveira Castro.

Mariana me contou que desde criança sempre se sentiu à margem das coisas. Sua mãe sempre esteve à frente dos holofotes, nas boas e nas más situações e nunca teve muito tempo para ela. Ela também me disse que teve mais de duas dúzias de babás e que sempre que se apegava demais a uma delas a sua mãe a demitia e contratava outra para o lugar. Dessa forma, Mariana nunca conseguia desenvolver laços afetivos concretos. Seu pai é um diplomata e vive viajando pelo mundo. Quando está na cidade, sempre passa para visitá-la e, nas férias, ele recebe Mariana em sua casa juntamente com a nova família. A nova esposa, madrasta de Mariana, a trata muito bem, mas é nítida a sensação de abandono e a "invejinha" que Mariana sente de suas outras irmãs (gêmeas) do novo casamento de seu pai, pela atenção que elas recebem e pela vida disciplinada que levam e que Mariana adoraria ter.

Ao invés disso, ela sempre teve que conviver com o alcoolismo da mãe, os diversos namorados, as viagens intermináveis, as ausências pelos longos dias de trabalho, as trocas de colégio, a falta de amigos, o mundo glamouroso que há tempos perdeu a – ou nunca teve nenhuma – graça para ela. Mariana acha tudo muito superficial e falso. Um mundo de aparências, sabe?

Na verdade, Mariana nunca se sentiu amada e protegida pela mãe. Era muito difícil ser filha de uma celebridade, principalmente se sentindo tão sozinha e sem atrativos que fizessem dela também alguém querida e admirada pelas pessoas.

Como eu já disse: Tô bege! E minha família é normalíssima!

Lá pelas tantas, a mãe de Mariana chegou. Pareceu muito simpática e bem-humorada, ao contrário de tudo que eu já sabia sobre ela. Trouxe uma caixa de chocolate e nos contou histórias engraçadas sobre coisas que já inventaram a respeito de sua vida para vender jornais. Três plásticas no nariz, algumas lipoaspirações, outras tantas internações, brigas com outras celebridades que nunca aconteceram e vários romances, alguns até que ela própria admitiu que gostaria de ter vivido de verdade. Uma revista chegou a publicar uma foto dela com um ator também muito famoso, dizendo que os dois estavam namorando e que haviam sido vistos em uma praia naquela semana, o detalhe é que o ator estava em coma num hospital americano há quase um mês antes da publicação da matéria. Ninguém sabia, pois a família do ator preferiu esconder a notícia da imprensa e disse que ele estava viajando. Daí a matéria sobre a viagem dos dois, ele com a mãe da Mariana!

Enquanto me divertia com o mundo das celebridades, tão distante da minha realidade habitual, percebi que Mariana, ao contrário de mim, estava entediada e totalmente desconectada da conversa de sua mãe. Ela parecia não estar ali. Enquanto eu e Manuela ficávamos até vermelhas de tanto rir, ela apenas se concentrava na lição que havia perdido.

Cheguei em casa tarde, mas com a maior disposição para contar aos meus pais sobre o dia incrível que eu havia tido.

Minha mãe se divertiu com os detalhes sobre a casa, as roupas da mãe da Mariana e alguns detalhes picantes das historias reais sobre a vida dela. Meu pai, no entanto, ficou indignado com o luxo que descrevi e com o fato do padrasto da Mariana estar convicto de que se sairá bem das acusações de corrupção. Ele chegou a sugerir que eu não fosse mais à casa deles e que era melhor não me aproximar muito da Mariana, mas mamãe sempre muito justa o alertou dizendo "ela não pode agir de forma preconceituosa com a menina. Isso não seria certo!". Meu pai imediatamente reconsiderou, percebendo que não havia sentido em cobrar da Mariana responsabilidades que não eram dela.

No fim deste dia incomum, fui dormir com os anjos.

4. De olho no "mais"

Paft! Ai! Que droga! É a segunda vez nessa semana que caio da cama quando o despertador toca! Também estou tão cansada. Ontem foi um dia incrível, nem acredito que jantei com Manuela Oliveira Castro! Parece um sonho. Quando eu contei para minha mãe, ela nem acreditou. Não vejo a hora de contar para Rafaela, ela vai pirar!

– Cadê os meus tênis azuis? Mãe! Mãe! Não estou encontrando os meus tênis azuis!

– Embaixo da prateleira da lavanderia!

– Ai, meu Deus, desde quando lugar de guardar sapatos é na lavanderia? Do jeito que as coisas criam pernas aqui nessa casa, daqui a pouco os meus sapatos estarão no micro-ondas e minhas meias, na geladeira!

Na mesa, como sempre, meu pai tomava o café enquanto esperava pacientemente por mim e pelo chatinho do meu irmão para nos levar à escola e, no caminho, deixar a minha mãe no trabalho. Só depois ele seguia para o escritório, onde teria "mais um dia estressante", como ele costuma dizer, em meio aos papéis da contabilidade da empresa.

A primeira pessoa que vi ao chegar ao colégio foi o Gabriel, o menino mais lindo do mundo (leia-se: do meu mundo!). Aliás, Gabriel não é apenas o mais lindo, é também o melhor skatista, o cara mais inteligente (bem, inteligente na verdade ele não é! Aliás, ele já repetiu duas vezes o mesmo ano! Mas isso é detalhe!), mais simpático, mais doce, mais popular... é isso, esta é a melhor definição para o Gabriel: o "MAIS". Assim como Alexandre era o GRANDE, Gabriel é o MAIS!

Por todas essas habilidades do Gabriel, ou melhor, que nós, membros do fã-clube (totalmente virtual) do Gabriel, achamos que ele tem, é que demos a ele o apelido singelo de "MAIS". Além de definir muito bem as qualidades do moço, esse apelido serve como um código para que possamos falar dele livremente pelos corredores sem que ninguém saiba exatamente (apenas nós, claro!) quem é o "MAIS".

E hoje, só para variar, ele estava lindo. Um bronzeado único, que só ele, um surfista eventual, de final de semana, poderia exibir.

Ok! Já sei que estou babando... mas o que posso fazer? Ele é o sonho de consumo de nove entre dez meninas do colégio onde eu estudo e eu não seria louca de ser a exceção!

Mas ele, definitivamente, não é para o meu bico. O Gabriel já namorou todas as garotas populares, lindas e ricas da escola. Ele não daria bola para a filha do contador da loja de departamentos mais brega da cidade. Absolutamente não! (Minha autoestima não está me ajudando.)

Enquanto meus pensamentos voam em direção ao paraíso, levando (claro!) o MAIS junto comigo, eis que aparece Mariana toda esbaforida.

– O que foi Mariana, perdeu o bonde? – perguntei brincando.

– Não, o meu motorista ainda não sabe o melhor caminho para evitar o trânsito, então, até ele aprender, parece que terei de sair mais cedo de casa se eu não quiser chegar atrasada.

– Não esquenta, ainda é cedo.

Imediatamente o olhar de Mariana se virou para acompanhar o meu, que estava naquele momento grudado no MAIS.

– Quem é aquele? Bonitinho, né?

– É o MAIS.

– MAIS? Esse é o nome dele? Que estranho! Que tipo de pais daria um nome desses a um filho? – Olhei para ela com olhar incrédulo e disparei ironicamente:

– Claro que não, Mariana Oliveira Castro. Seus neurônios não acordaram ainda, minha santa? O nome dele é Gabriel. Mas como todas as meninas do colégio falam dele

o tempo todo, Rafaela e eu resolvemos chamá-lo apenas de MAIS, assim fica mais fácil falar dele sem que ninguém saiba. Entendeu?
— Ah! Entendi! — disse Mariana entre risos abafados. —
Legal. Vamos entrar?

Não sei se foi impressão minha, mas, assim que entramos, tive uma sensação de que o MAIS olhou fixamente para Mariana, esperando claramente ser correspondido. E foi!

Estou começando a não gostar dela. Era só o que faltava, ela chegou ontem no colégio e hoje já está dando em cima do MAIS?

Opa! Calma lá, eu vi primeiro! Estou neste colégio há cinco anos e praticamente vi o MAIS crescer e se tornar isso tudo! Não é justo que ele dê uma chance para ela sem nem me notar primeiro. Isso é justo? Acho que não!

Deixa a Rafaela saber disso. Ela também não vai gostar da novidade!

Espero que tenha sido apenas impressão minha.

Aula de álgebra: não poderia ter algo pior para se começar uma terça-feira, ou uma quarta, quinta ou sexta. Qualquer dia da semana com a primeira aula de álgebra só pode ser prenúncio de dia tenebroso. Se pelo menos o professor fosse bonitinho... Mas um homem de um metro e cinquenta de altura, uns quarenta e cinco quilos, que usa roupas largas para parecer um pouco mais gordo, quase careca e com óculos de armação de tartaruga, está mais para amigo do Frodo do que para bonitinho!

(Informação complementar: Amigo do Frodo é aquela criatura repugnante que falava o tempo todo "*my precious*" no filme *O senhor dos anéis*. Lembrou? Pois é, meu professor de álgebra é a cara dele. Tem noção?)

Deixe eu voltar meu pensamento para o "meu precioso" professor de álgebra, antes que eu precise vê-lo novamente no próximo ano. Um ano inteiro com ele já vai ser dureza, dois anos seguidos só se for para pagar carma.

5. FOFOQ'S

Há apenas alguns dias no colégio, e a notícia se espalhou como rastilho de pólvora. É impressionante como as pessoas adoram uma fofoca, e o colégio parece o ambiente perfeito para esse tipo de coisa. Mariana já não conseguia mais se esconder dos jornalistas que a esperavam diariamente na porta da escola. Uma verdadeira perseguição. Rafaela e eu nos divertíamos com a situação, mas éramos solidárias nas fugas. Ajudávamos a Mariana de todas as formas. Três mentes criativas, inventivas e imaginativas, agindo contra um bando de fotógrafos desesperados por uma foto da filha da *pop star* e enteada do político da vez (no pior sentido da expressão).

Quanto mais a chapa esquentava no Congresso – e parecia que Rubídio seria assado como um leitão com a maçã na boca para ser servido aos jornalistas –, mais a vida da Mariana ficava tumultuada.

Mas todos os dias, nós bolávamos um plano novo de fuga. Num dia emprestávamos nossas roupas para ela. No outro, entrávamos de boné e óculos escuros no carro da sua mãe, escoltadas pelo motorista. Outro dia combinávamos com Robson (outro amigo do colégio, muito gente boa!) para que ele a levasse de moto, passando rapidamente pelos "abutres", que sempre estavam lá à espera de uma foto.

Numa dessas fugas, o MAIS se ofereceu para ajudar. Ele estava com o carro de seu pai e sugeriu que nós entrássemos pelo porta-malas do carro, para que ninguém nos visse passar pela portaria do estacionamento. E nós? Aceitamos, claro! Era o MAIS nos oferecendo ajuda! Não podíamos perder a chance.

Ser amiga da Mariana foi uma das melhores coisas que me aconteceu nos últimos tempos, tenho que admitir. Mas as constantes fugas, as fofocas das outras garotas do colégio e as insistentes investidas dela para cima do MAIS, honestamente, me deixavam com uma sensação esquisita de falta de espaço. E a diversão que antes era garantida, agora já não tinha tanta graça. Você consegue entender?

Às vezes eu me sentia invisível, mesmo sem querer (eu acho que sem querer), Mari monopolizava tudo à sua volta. Quando ela chegava, nada nem ninguém tinha mais importância, e parecia que os acontecimentos da minha vida se resumiam a dar cobertura para ela.

Comecei a perceber que meu espaço entre meus amigos, os professores e até mesmo na minha própria casa estava sendo ocupado por ela. Até a Rafaela, que não gostava dela no começo, depois passou a se vestir de forma semelhante, ter o mesmo corte de cabelo, pintar as unhas da mesma cor (praticamente um clone) e acompanhá-la no cinema, na balada e em outros lugares.

Lembra aquela Mariana que descrevia sua mãe como centro do universo e ela como a coitadinha? Pois bem, ela acaba de fazer o mesmo comigo! Como assim? Eu nunca fui a mais popular, nem a mais bonita, nem a mais inteligente da escola. Muito menos cheguei perto de me tornar a "SENHORA MAIS". Mesmo assim eu tinha o título de mais simpática e era meu grande motivo de orgulho. Agora eu sou apenas a amiga da Mariana Oliveira Castro, aquela que todos querem ao seu lado para sair no noticiário da semana e pegar carona na sua fama duvidosa!

Chega! Não quero mais isso. Preciso ser eu novamente: Dora, a simpática!

Desde que resolvi não compactuar mais com as fugas da Mariana, me afastei totalmente dos acontecimentos. A rádio fofoca rolava solta, noticiando minuto a minuto tudo o que acontecia com Rafaela e Mariana, onde quer que elas fossem, no shopping, no cinema, na lanchonete, enfim, tudo.

Até que um dia o pior aconteceu! Uma verdadeira tragédia! Finalmente o que eu previa se confirmou: Mariana estava oficialmente namorando o MAIS! Ai meu Deus! Que tragédia!

O fato chegou aos meus ouvidos pela Ludmila, garota arrogante com nome de princesa, mas que não carrega nem um pingo de nobreza em seu coração. Muito pelo contrário, é uma cobra. Adora destilar seu veneno em tudo e todos. Eu costumo dizer que onde ela cospe abre-se um buraco no chão! Cena nojenta, mas passível de acontecer!

Eu estava no vestiário após a aula de educação física quando Ludmila entrou com suas amiguinhas medonhas. Todas estavam histéricas e não se continham de tanta aflição. Eu não estava entendendo nada, mas quem quer entender essas garotas anoréxicas? Você quer? Eu não.

Até que Ludmila chegou e me disse bem alto, com sua voz irritante: "A culpa é sua!"

– Ah! Minha culpa? Do que você está falando?

Eu realmente não fazia a menor ideia do que ela estava falando. Eu mal conversava com ela, a não ser sobre assuntos da aula, ou quando era obrigada por algum professor a fazer trabalho em grupo com a fofa em questão. Então do que ela estava falando? Ela é muito nova para beber, então acho que não deve ser um caso de alcoolismo, nem de dependência química, a menos que o laquê que ela usa seja muito forte e esteja afetando a sua mente. Deve ser sono mesmo! Ou fome, afinal ela come três folhas de alface, duas rodelas de tomate e uma azeitona no almoço e, quando muito, um copo de água e uma bolacha no jantar. Isso já deve estar afetando a cabeça dela. Cá entre nós, sempre foi fraquinha mesmo.

— A sua amiga! Vai me dizer que não está sabendo dela e do Gabriel?

— Que amiga? Ludmila, eu preciso ir pra aula, não tenho tempo...

Ela me interrompeu bruscamente para terminar o noticiário.

— Sua amiguinha, a filha do corrupto e da drogada. Ela roubou o Gabriel de mim! Mas pode avisar pra ela que isso não vai ficar assim! Não vai!

Não vai mesmo! Pensei sozinha, enfurecida com o que tinha acabado de saber.

Não é possível que Mariana tivesse a coragem de ficar com o MAIS! Ela sabe que eu gosto dele. Eu fui amiga dela, eu a apresentei para ele! Não acredito! Não acredito! Como fui burra! Ela me paga! Perder o MAIS para a bruxa da Ludmila, que é inimiga assumida, é uma coisa, pois a guerra é limpa e declarada, mas perdê-lo para uma pseudoamiga... que me passa uma rasteira silenciosa? Isso não. É o fim do mundo. Assim vou perder a fé na humanidade. Ai! Será que a minha xará Pandora acabou de soltar a desesperança?

Os dias seguintes à conversa com Ludmila no vestiário foram ainda mais terríveis para mim. Presenciei diversas vezes a Mariana e o MAIS saindo juntos da escola com o motorista dela, ou no carro dele quando havia a necessidade de despistar algum *paparazzo*, que, a essa altura, não ia mais com tanta frequência esperá-la na saída.

Eu engolia minha raiva e minha dor, esperando pacientemente uma atitude de Ludmila para vingar a traição que eu sofri. Mas não poderia simplesmente esperar que a venenosa descerebrada fizesse algo que realmente tivesse efeito para separar os dois.

Eu precisava agir. Mas fazer o quê?

Naquele momento, minha cabeça girava com vinte parafusos a menos, um *chip* manco e alguns neurônios de férias. Eu precisava de um tempo para pensar e reorganizar os meus "arquivos e programas".

6. As férias sonhadas

Início de ano tumultuado, algumas perdas contabilizadas, entre elas o MAIS, que, na verdade, nunca havia sido realmente meu, mas isso não importa, pois me sentia traída da mesma forma. A Rafaela, de minha melhor amiga, se tornou uma crítica perversa de tudo que eu faço, visto ou como, sempre me comparando com a Mariana. E a própria Mariana, que era a promessa de uma amizade feliz e duradoura, se tornou minha pior inimiga. Sem contar a minha feliz vida de garota simpática e amiga de todos, que também escorreu pelo ralo nos últimos meses. Que meleca de vida, viu!

Não faltava mais nada para me deixar na lona de forma irreversível, pelo menos pelos próximos dez minutos. Pois não me permito mais de dez ou quinze minutos de luto!

Nunca fui uma pessoa invejosa, jamais desejei o mal dos outros, mas preciso confessar que, nos últimos tempos, me sinto amarga e tenho pensado coisas péssimas que gostaria que acontecessem com a Mariana. Tipo: ela quebrar uma perna e precisar ficar afastada do colégio por alguns anos!

Será que isso é inveja? Ou sua mãe conseguir um novo marido, talvez um ator de Hollywood, e ela ser obrigada a viver na Califórnia (até que ela iria gostar disso!). Está vendo, eu disse que não era uma pessoa má. Acredite, eu não sou!

Essa situação de ver o MAIS todos os dias ao lado dela, junto com meus amigos, enquanto eu fico sozinha e sem ter com quem tagarelar (meu esporte favorito!), está me enlouquecendo. Imaginem uma pessoa viciada em academia ser forçada a viver dias e dias no meio do mato. Imaginou? Depois de uma semana, essa pessoa estará usando macacos como peso, ou montando uma academia com cipós e galhos. Pelo menos o "exilado" em questão terá algumas possibilidades. Mas e eu? Como vou suprir minha carência?

Mas as férias chegaram e com isso a possibilidade de respirar novos ares longe de tudo que está me envenenando.

Todos os anos, nós vamos para casa dos meus avós. Adoro ficar com eles no período das férias de inverno. Temos apenas um mês e não existe maneira melhor de descansar, do que ficar na tranquilidade da casa dos meus avós.

Eles vivem em um pequeno sítio no alto de uma montanha. A casa é enorme e tem um jardim maravilhoso com um lago ao fundo. Lembro o período em que eu era criança e passava mais tempo lá. Meu avô construiu um balanço para mim e uma casinha para a nossa cadela, que, algum tempo depois, se mudou para lá definitivamente. Ela cresceu demais e não cabia mais no apartamento, então meu pai decidiu levá-la para a casa dos meus avós. Esse foi um dos dias mais tristes da minha vida. Então, esse período também é uma forma de ficar próxima da Cookie, a minha cadela.

O lado ruim é que minha avó cozinha divinamente e faz tortas incríveis. A minha favorita é a mousse de maracujá, perfeita para uma tarde de sol, sentada em frente ao lago e brincando com a Cookie. O problema é que essa mesma cena se repete várias vezes durante as férias, mudando apenas a sobremesa, ora bolo de chocolate, ora torta de morango ou de limão e por aí afora. Resultado: eu volto para casa quase rolando montanha abaixo.

E foi em uma dessas tardes de comilança, enquanto eu cometia toda a minha cota de pecados contra o mandamento da gula, que algo inesperado aconteceu. Algo que mudaria a minha vida e a minha essência. Digo isso sem exageros!

Eu implorava para a minha avó que tirasse aquele pavê de perto de mim, enquanto a Cookie remexia um punhado de terra de forma inquietante. Ela parecia desesperada para encontrar alguma coisa, provavelmente um osso enterrado próximo ao pé de goiaba no fundo do quintal.

Minha avó me disse que há dias a Cookie estava curiosa com o buraco e que havia alguma coisa ali que ela queria muito desenterrar.

Imediatamente, também fiquei curiosa. Sabem como é? Eu sou uma garota e é completamente compreensível que uma garota fique curiosa! Garotas são naturalmente curiosas!

Com uma pequena pá de jardinagem, comecei a cavar. Logo começou a aparecer um pedaço de madeira. Na verdade era uma caixa de madeira pequena, como, na minha imaginação fértil, deve ser um baú do tesouro. Mas não me pergunte como um pirata poderia chegar até o topo da montanha com seu barco, subindo morro acima por um lago! Eu com certeza não saberia responder.

Fantasias à parte (claro que não foi um pirata que enterrou aquela caixa ali!), é bem possível que tenha sido o meu irmão, e provavelmente quando abrir a caixa, encontrarei um monte de carrinhos enferrujados em meio a minhocas nojentas! Credo!

Finalmente consegui retirar a caixa do buraco e estava em êxtase de tanta curiosidade. Mas a abri com cautela, para o caso de minhas suspeitas, sobre os carrinhos do meu irmão, se confirmarem.

Minha surpresa foi ainda maior quando consegui retirar a caixa de madeira de dentro do buraco e notei que seu estado de conservação não era dos melhores. Isso indicava, acho eu, que estava ali há muito tempo. Talvez anos ou até séculos?

Exageros à parte, fiquei tão alucinada com a descoberta que corri para o quarto para limpar e abrir a caixa. E quem sabe, finalmente, descobrir algo interessante.

— Ai, que droga! Não quer abrir!

Também, ela estava há tanto tempo enterrada que as dobradiças enferrujaram. Já sei, vou pegar as ferramentas do vovô.

Alicate, chave de fenda, chave de cinco pontas, chave de..., nossa, o vovô tem tantos tipos de chaves, para que ele precisa de tudo isso? E o martelo? Cadê o martelo?

— Dora, o que você está procurando?

— Nada, vó!

— Se você não precisa de nada, então não mexa nas coisas do seu avô, você sabe que ele não gosta!

— É, sei, mas...

— Não tem "mas"! Vá brincar com seu irmão.

Não! Fala sério! Brincar com meu irmão? Às vezes eu acho que os adultos não percebem que o tempo é inimigo das relações entre irmãos. Será que minha avó ainda não percebeu que meu irmão é um pirralho e eu sou uma "quase" mulher? Será que ela acha que eu ainda brinco de boneca e nas horas vagas uso o jogo de panelinhas de plástico que ela me deu quando eu tinha quatro anos para fazer bolinho de barro?

Ai, minha santa Barbie dos cachinhos dourados! É cada uma que eu tenho que escutar, viu!

Pelo menos antes de ela me expulsar eu consegui esconder essa chave aqui. Essa deve servir para abrir a caixa.

Vamos, Cookie! Ajuda! Eita cadela mole, viu! Faz força. Arghhhh! Abriu!

Nossa! Não tenho palavras para descrever isso! (Pasmem, isso realmente é inacreditável. Dora, a tagarela, está sem palavras!)

Quando a caixa se abriu, havia nela alguns objetos pessoais que pertenciam evidentemente a uma mulher: diário revestido com um tecido acetinado floral; uma caneta bico de pena, parecida com uma que eu usava nas aulas de educação artística; três frascos de perfume pequeno, dois vazios e outro cheio e lacrado; e um pequeno espelho com cabo de madeira, esculpido com desenhos de flores.

Agora minha curiosidade sobre a origem da caixa e dos objetos era quase insuportável. Eu precisava ler o diário e descobrir por que alguém enterraria aquelas coisas. Seriam da minha avó?

Na verdade, preferi não comentar a descoberta com ninguém. Menos ainda interrogar a minha avó para saber se eram dela aquelas coisas. Se fossem, ela poderia não gostar do fato de eu as ter desenterrado. Mas e se não fossem? De quem poderiam ser?

– Dora, querida, vem jantar!

– Oi, vó! Eu já vou!

Que droga! (Preciso parar de dizer essas coisas, isso está virando um vício de linguagem, como diria a dona Kimye, minha professora de gramática. Pode parecer estranho uma professora japonesa dar aulas de português, mas saibam que ela é a melhor professora que já tive nessa matéria.) Eu preciso de um plano! Será que alguém tem um plano? Hein, Cookie, você tem um plano? Onde eu vou guardar essa caixa para que ninguém possa ver? Principalmente o intragável do meu irmãozinho!

♥

Bem, por ora, vou deixar aqui dentro da minha mala, depois eu arrumo um esconderijo melhor. Vamos jantar, Cookie? Sua ração deve estar deliciosa, como todos os dias! Não sei como você não enjoa de comer a mesma ração! Deve ser realmente uma delícia. Qualquer dia eu vou experimentar, o que você acha? Se tiver baixas calorias, eu posso até lançar uma nova dieta: A Diet Cookie Dora! A ração para cadelas que tem poucas calorias e não engorda os humanos!

♥

Nossa, que noite! Eu achei que meu avô não me liberaria mais daquele jogo de xadrez interminável. Também pudera, os óculos dele estão vencidos desde o século passado, e ele nada de ir ao oculista. Mal consegue enxergar as peças no tabuleiro e demora mais de quinze minutos para decidir cada jogada.

Ai, que sono! Acho que nem vou conseguir ler o diário agora. É melhor deixar para amanhã, não é, Cookie?

Boa-noite! Durma bem! Mas se eu acordar com você em cima da minha cama, babando no meu travesseiro, juro que mando fazer salsicha de você! Te amo, Cookie! (Ai, como eu sou meiga!)

7. Abrindo a caixinha de Pandora

Que gritaria é essa? São apenas nove horas, será que ninguém respeita o sono de uma "operária" do ensino médio que está tentando dormir até mais tarde porque está de férias?

O que é isso? Será o meu avô de novo gritando com as galinhas? Ou aquela vizinha maluca que vem trocar receitas com minha avó às seis da manhã?

Acho que vou ter que levantar pra ver o que está acontecendo!

— O que está acontecendo, vô? O senhor está vermelho, o senhor está bem?

Meu avô parecia entalado com alguma coisa e mal conseguia murmurar. Entendi apenas algumas palavras.

— Humm... seu irmão... seu irmão trocou as dentaduras de novo... humm...

— O fedelho fez o quê? Trocou as dentaduras de novo! Ai... hoje eu esgano esse pestinha!

O fofo do meu irmão, com sua mente inventiva, adora pregar peças nas pessoas. Seu esporte favorito é jogar bagaço de limão na cabeça das pessoas que passam na calçada embaixo da janela do nosso apartamento. Se ele acertar e a pessoa olhar para cima, ele ganha dez pontos; caso ele acerte e a pessoa não olhe nem o xingue, ele ganha apenas cinco. Se errar, não ganha nenhum ponto, isso é óbvio, mas se acertar um conhecido do meu pai, ele ganha umas chineladas!

Outra que ele adora aprontar é cortar o bigode dos gatos da vizinhança. Isso mesmo! Quem tem gato sabe que os bigodes do bicho servem como uma espécie de sensor para que ele tenha exata noção de espaço. Dessa forma, ele sabe quando cabe ou não onde pretende entrar. O gênio do meu irmão (vamos combinar, esse garoto é um gênio na arte das pequenas maldades) descobriu que cortando apenas um lado do bigode e deixando o gato "monogode", como ele mesmo costuma dizer, o pobre animal fica sem referencial. Mas se acalmem! Não precisa chamar a sociedade protetora dos animais para dar uma punição ao pirralho! O bigode dos gatos se regenera rapidamente e, em poucos dias, eles estão igualados sem maiores problemas. Eu juro!

Mas a troca das dentaduras, de todas as traquinagens que ele apronta, é a pior! Já havia se tornado lenda na família.

Meus avós usam dentaduras desde sempre. Não tenho nenhuma lembrança deles que não seja com esses dentes postiços e sobressalentes. E como todas as pessoas antigas, eles têm o péssimo hábito de deixar as ditas cujas "sorrindo" dentro de um copo d'água na pia do banheiro todas as noites.

Acontece que eles já não enxergam muito bem, então deixam as dentaduras em copos diferentes para facilitar a identificação. Pronto! Nasceu aí o outro esporte preferido do meu irmãozinho nas férias: trocar as dentaduras para que os velhos fiquem entalados, um com a dentadura do outro. E ele ainda acha graça nisso, acredita?

Como de costume, nessa manhã aconteceu outra vez!

– Pirralho irresponsável! Cadê você? Aparece que eu vou te esganar!

Mas antes de esganar esse moleque, eu vou ter que dar um jeito de desentalar o meu avô! Sabia, sobrou pra mim!

♥

Depois de muito estica e puxa, finalmente eu e minha avó conseguimos livrar meu avô da dentadura "assassina". O pestinha tomou um chá de sumiço, mas depois eu acerto minhas contas com ele. Agora eu adoraria cochilar mais um pouquinho!

– Cookie! O que você está xeretando na minha mala?

Dizem que não existe bicho mais curioso que mulher, mas existe sim: a minha cadela! A pessoa que nos condenou a levar esse rótulo de curiosas com certeza não conhecia a Cookie!

Quer saber, Cookie? Eu também estou louca para começar a ler o diário. Vamos pegá-lo.

Nessa hora fechei a porta do quarto, levei a caixa para cima da cama e abri cuidadosamente. Retirei o diário e os outros objetos e iniciei a leitura, tentando entender se havia alguma conexão ou instrução que ligasse tais objetos ao diário e vice-versa. Em uma primeira olhada, nada parecia fazer sentido. Então comecei a leitura.

As primeiras páginas estavam úmidas, eu tive que tomar cuidado para não rasgá-las, mas, usando uma pinça de sobrancelha, fui abrindo uma a uma para conseguir ler.

Hoje é meu aniversário. Quinze anos! A idade das fadas, segundo meu pai. Meu presente mais precioso foi este diário que ele me deu. São tempos difíceis, a perseguição segue sem trégua aos nossos familiares que ficaram na Europa. Apesar de se parecer forte, por várias vezes, eu vi papai chorando, talvez por culpa ou remorso de ter deixado seus entes queridos para tentar uma nova vida aqui. Mamãe sempre o consola dizendo que precisamos ser felizes para que as mortes dos que ficaram e se sacrificaram por nós não tenha sido em vão.

Hoje é dia de alegria ou, pelo menos, deveria ser. É meu aniversário e teremos um jantar em família. Joaquim também vem, não por mim, mas por Veridiana, o que me alegra e ao mesmo tempo me enche o coração de tristeza. Porém, eu o verei, e isso é o que importa.

Olha só, Cookie, é uma história de amor! Mas por que ela não pode sonhar com o Joaquim? E quem será Veridiana? Há quanto tempo isso está enterrado no quintal, Cookie? Guerra? Que guerra, a do Vietnã ou a do Iraque?

Meu aniversário foi maravilhoso. Não teve luxo nem vestidos novos ou chapéus com fitas, louça inglesa ou talheres de prata, nem mesmo a mesa farta de outras épocas, mas estávamos todos felizes por estarmos juntos.

Joaquim, como de costume, não tirava os olhos de Veridiana, nem por um segundo. Eu sei que meus sentimentos são errados e que causariam profundo desgosto à família, em especial ao meu pai, mas fico furiosa com o afeto que Joaquim demonstra nutrir respeitosamente por ela, não posso evitar.

Eles trocam olhares silenciosos e profundos. Pergunto-me se algum dia ele seria capaz de me olhar da mesma maneira.

No convento, onde estudo, as freiras nos ensinaram que isso é pecado. Cobiçar o amor de Joaquim pode me fazer queimar no fogo do inferno. Se elas, as freiras, soubessem o tamanho do meu amor, jamais me condenariam a tão triste sina. Pois meus sentimentos são tão puros quanto os que elas dedicam a Deus.

Quanto amor! Ai... amar assim deve até doer! Nunca me senti assim, tão dominada por um sentimento. Também não acho certo ela ficar de olho comprido no namorado da tal, Veridiana, mas também... quem consegue mandar no coração?

No meu caso, por exemplo. Eu sou louca pelo MAIS e estou aqui sozinha, enquanto ele deve estar curtindo um monte de coisas com a falsa da Mariana.

A vida é assim: injusta! Eu que amo o Gabriel, que ama a Mariana, que ama seu próprio umbigo... e a dona do diário, que ama o Joaquim, que ama a Veridiana... e que não me admiraria nem um pouco se não amasse ninguém! A Veridiana é que era feliz!

É melhor eu ir ajudar minha avó a preparar o almoço! E parar de bisbilhotar a vida amorosa do Joaquim (que hoje deve ser um velhinho muito gato já que um monte de mulheres se apaixonaram por ele!).

8. Tão só!

Hoje estou especialmente triste, me sinto tão sozinha aqui. Sei que estou com meus avós e isso já deveria bastar, mas sinto falta da Rafaela, do colégio, do MAIS, dos meus pais e até das provas, acredita? Bom, essa última parte é exagero, vamos ser realistas!

Adoro ficar no sítio, mas não tenho muitas pessoas para conversar e para uma garota viciada em expressões verbais complexas isso é quase um castigo.

Ontem fui com meu avô ao centro da cidade. Encontrei uma galera interessante por lá. Conversei um pouco, enquanto meu avô fazia suas compras. Mas o papo deles é esquisito, sabe? Além do sotaque, que é hilário, claro!

Aliás, esse sotaque sempre me causa desconforto ao voltar para casa. É que eu costumo assimilar a cultura de outros lugares, se é que vocês me entendem, então volto para casa arrastando as palavras e com um vocabulário um pouco interiorano. Isso já foi por várias vezes motivo de gozação para a galera da minha classe.

Estou sentindo falta da Rafaela, ela nem me ligou. Todos esses dias de férias e ela nem deu um sinal de fumaça, eu já deixei três recados na casa dela e nada. Deve estar adorando passar as férias grudada na Mariana. Isso é impressionante, como pode? Você considera uma garota sua melhor amiga e de repente ela troca você por outra! E nem liga mais pra você, finge que não te conhece e faz questão de deixar bem claro que você não faz a menor falta na vida dela. Mas ela está na minha lista roxa. Isso mesmo, roxa! É que minha lista negra é apenas para crimes hediondos, como roubar o namorado das amigas, e a lista roxa é para "pecados" menores. Em resumo: A Rafaela e o Gabriel estão na minha lista roxa e a Mariana, não preciso nem falar, né? Está na minha lista negra.

♥

Por pura falta do que fazer, voltei minha atenção ao diário, que, para ser bem sincera, já estava ficando muito chato. A história de amor da moça do diário, que babava pelo Joaquim, que só tinha olhos para a Veridiana, já estava me deixando entediada. Então resolvi pular algumas páginas, e não é que a coisa esquentou!

Hoje papai está radiante, recebemos notícias de tia Abigail; ela conseguiu embarcar no navio com minhas primas e chegarão aqui em poucas semanas. Isso trouxe um novo brilho aos olhos do meu pai. Ele prometeu ao meu tio Christopher que cuidará delas até que a guerra acabe e eles possam se reencontrar.

Mas a coisa mais interessante que me aconteceu hoje foi conhecer a dona Emily. Dizem que antes de se casar com o sr. Marcel, ela era cigana. E assim viveu até os dezesseis anos, quando o sr. Marcel a conheceu, a retirou de um acampamento e casou-se com ela. Dizem também que ela enxerga além do que os outros podem ver. Fascinante!

Verdade ou não, ela me olha de forma estranha. Parece que consegue ler meus pensamentos. Sinto um arrepio quando estou perto dela. Outro dia, estivemos em uma reunião na casa do sr. Marcel. Eu, mamãe, papai, Veridiana e Joaquim. Durante todo o tempo, tive a impressão de que dona Emily sabia tudo que se passava em minha mente. Por vezes, senti um arrepio subir pelo meu corpo. Isso me impressionou.

Que coisa! Será que essa dona Emily era uma bruxa? Tinha poderes paranormais? Ai, que medo! Minha mãe sempre diz que nessas coisas a gente nem acredita nem desacredita.

Uma vez eu fui a uma cartomante em uma feira de antiguidades. Foi muito engraçado, ela falou várias coisas interessantes para mim e, ao sai de lá, achei que ela realmente tivesse me entendido e visto algo em suas cartas.

Mas Rafaela estava comigo e também se consultou; quando resolvemos conversar sobre as surpresas que o futuro nos reservava, a surpresa maior foi saber que nossos futuros são gêmeos siameses!

É claro que não acreditamos! E valeu como lição para não ficarmos buscando respostas em todos os lugares. Muito menos achando que nossos problemas seriam resolvidos na barraca de uma cigana que lê cartas na feira de antiguidades!

♥

Depois do lanche, mais uma sessão de leitura.

Encontrei dona Emily na confeitaria, ela se aproximou e sem rodeios me disse: "Não se preocupe, seu destino está ligado ao de Joaquim."

Não tive coragem de dizer nem uma palavra, abaixei a cabeça, mas não desmenti. E ela continuou: "Quando puder, venha tomar um chá em minha casa sozinha, e eu lhe direi de que forma você poderá desabrochar diante dos olhos dele."

Vários encontros se sucederam entre a dona Emily e a garota apaixonada. Em seguidas sessões de leitura, fui começando a entender o sentido do diário e dos objetos guardados na caixa, que foi enterrada próximo ao lago.

Em diversos trechos, dona Emily dá conselhos e mostra a Cecília (este é o nome da dona do diário, finalmente descobri!) como chamar a atenção de Joaquim. Como ser vista de forma diferente entre as pessoas que a cercavam e, logicamente, como conquistar o coração do seu amado. Descobri também que Veridiana é a irmã mais velha de Cecília e que ela estava prometida a Joaquim. Veridiana precisava se casar, pois já estava com dezoito anos.

Você consegue acreditar nisso? Uma garota com apenas dezoito anos PRECISA se casar, pois já está ficando VELHA! Que horror! E essa história de estar prometida! Tô passada! Não confio no gosto do meu pai nem para escolher um par de tênis, que dirá escolher o meu marido!

Ai, meu Deus! Obrigada, obrigadinha, obrigadíssima por eu ter nascido numa época tão liberal, em que o poder das mulheres ainda dominará o mundo! Obrigada mesmo!

9. O RETORNO...

Nem acredito que amanhã eu volto para casa. Adoro sair de férias, mas sempre que está chegando ao fim, fico tão aliviada de voltar para a escola. Quando digo isso à minha mãe, ela me olha com uma cara de espanto, parece que está vendo um E.T. Os adultos sempre acham que sabem tudo sobre nós, apenas pelo fato de já terem sido jovens na Era Jurássica. Como eles se enganam!

Se minha mãe soubesse, pelo menos, a metade das coisas loucas que passam pela minha cabeça, ela com certeza me levaria de camisa de força para o hospício, sem pestanejar! Ou faria um dos seus números favoritos: o drama da mãe incompreendida! Esse, então, é mais dramático que a encenação da Paixão de Cristo, mais convincente e comovente também!

Não posso dizer que desta vez estou completamente feliz e eufórica para voltar à escola. Estou com saudades dos amigos e dos professores, isso mesmo, até dos professores (isso é que é vontade de voltar às aulas!). Mas devido aos últimos acontecimentos do semestre passado, confesso que não estou tão otimista quanto a um grande retorno!

Sinceramente, não sei como vou reagir diante das novidades sobre o namoro do MAIS com a traíra da Mariana. Não respondo nem posso dar garantias pelos meus atos. Estou totalmente descontrolada, descompensada, pirada, doidinha da silva mesmo! Quase babando! Caso eu voe no pescoço dela e faça algo semelhante ao que meu irmãozinho costuma fazer com minhas bonecas, espero que vocês entendam e fiquem do meu lado (vou precisar de testemunhas de que aguentei o quanto pude e que o crime não foi premeditado).

Ainda não consegui ler todo o diário de Cecília, vou levá-lo para casa, para tentar decifrá-lo completamente. Acho que ela não vai se importar, pois, pelo que percebi, ela nasceu há uns cem anos e a essa altura deve estar mortinha e só o pó. Acredito que posso pegar seu diário emprestado por mais algum tempo, acho que ela não vai se incomodar.

♥

Papai chegou, está carregando as malas para o carro, enquanto eu me despeço dos meus avós. Adorei ficar aqui durante esse tempo todo, eu estava mesmo precisando de mimos familiares, mas já era hora de voltar.

A viagem demora apenas uma hora e meia com somente uma parada para pipi, então vou aproveitar para ler outra parte do diário.

Dona Emily me disse que preciso ser notada, apenas assim o Joaquim começará a perceber que não sou mais uma criança. Ela me deu alguns conselhos específicos e me fez prometer que praticaria todos os dias. Ela também me deu um pequeno espelho, me incumbiu da tarefa de conferir dia após dia os pequenos progressos, rumo à minha grande transformação.

Antes de me dizer exatamente o que deveria fazer, dona Emily disse algo que me deixou bastante intrigada:

"Pequenas mudanças não são rapidamente notadas, mas é a partir das pequenas transformações constantes que se chega a grandes e arrebatadoras conquistas!"

Ela me disse também que todos nós temos o desejo de sermos aceitos, admirados e apreciados. Como se fôssemos únicos e especiais em nossa existência. Contudo, ela concluiu que algumas pessoas, como Veridiana, nascem com dons que lhe garantem esse privilégio sem muito esforço; já outras, não.

Mas o que Veridiana tem que a torna tão especial? Será que é isso que Joaquim enxerga nela?

— Dora! Dora, querida, você está bem? — perguntou meu pai, interrompendo a minha leitura, preocupado.

— Estou sim, pai. Por que a pergunta? — disse, como se não soubesse!

— É que você está tão quieta. Até parece que não está no carro. Você está sentindo alguma coisa? Da última vez que você ficou calada por tanto tempo, estava com laringite.

– Há há há! Muito engraçado, pai! Virou comediante agora? Só estou concentrada em um livro de receitas que a vovó me deu. Só isso!

– Até que enfim a sua avó conseguiu fazer você se interessar por alguma coisa boa. Você só pensa em tagarelar ao telefone, passar o tempo de folga no computador ou implicar com seu irmão. Muito bom mesmo!

Enquanto meu pai teve um ataque verborrágico (acho que descobri de quem puxei minha principal característica) sobre as qualidades e os defeitos das minhas atividades diárias, da minha vida e das minhas paixões, continuei compenetrada na parte, que até agora, me pareceu a mais interessante do diário de Cecília.

Dona Emily citou algumas coisas que pessoas especiais têm em comum:

  ★ São boas amigas;

  ★ Estão sempre dispostas a ajudar os outros, mesmo que isso dê algum trabalho;

  ★ Elas têm uma curiosidade natural por adquirir conhecimentos;

  ★ Frequentemente mostram habilidades que os outros não têm (como Veridiana, que toca piano e canta lindamente).

  Porém, ela me alertou para o fato de que as pessoas não nascem com essas habilidades e, sim, as conquistam com o passar dos anos.

— Chegamos, Dora! – falou meu pai, novamente interrompendo na melhor parte.

— Tudo bem, eu já vou te ajudar a descarregar o carro.

Gostaria de ter uma dona Emily na minha vida. Talvez ela tivesse conselho, truque, simpatia ou mandinga para congelar os pais momentaneamente. Tenho algumas amigas que dariam tudo, tudo mesmo, por algo assim!

10. De cara com "mais" problemas

Primeiro dia de aula depois das férias e eu acordo atrasada, não arrumei minhas coisas, não faço ideia de onde está o meu uniforme de educação física (provavelmente em algum esconderijo da minha mãe, tipo a batedeira de bolo!); meu pai, que sempre espera calmamente, hoje resolveu estressar. Também quem me mandou ficar a noite toda assistindo às gravações das minhas séries favoritas da TV? Agora é isto: correria, estresse e chateação.

Meu pai já deu o terceiro berro e disse que no próximo vem me buscar pelas orelhas. A última vez que ele me ameaçou dessa forma e cumpriu a promessa, eu tinha 4 anos. Pelo jeito, hoje vai ser um daqueles dias, viu. Uhhhh...

– Eu já vou, pai! Espera só mais um minuto!

Quem disse que ele esperou? Me deixou para trás, minha mãe deixou um bilhete e o dinheiro para o ônibus. Beleza! O dia vai ser realmente maravilhoso, droga! (Eu sei que prometi que não falaria mais assim, mas me dá um desconto hoje, ok?)

No ponto de ônibus, outra grata surpresa: o Rogerinho estava lá.

Rogerinho é um garoto que estudava comigo no jardim de infância. Nós nos dávamos tão bem que Rogerinho vivia fazendo pipi nos castelos que eu construía no piscinão da área do *playground* da escolinha. (Naquela época, eu já sofria da síndrome de princesa! Construía castelos de areia e ficava sonhando que um dia iria morar dentro deles com meu príncipe, um garoto maravilhoso, e viveríamos felizes para sempre! Que ilusão a minha!) Enquanto isso, o que me aparecia era o idiota do Rogerinho, que insistia em se aliviar em cima dos meus castelos e dos meus sonhos de infância!

Isso aconteceu várias vezes, e eu não fazia nada, tinha uma reação típica de princesa – sentava e chorava! Minhas "tias" do jardim da infância me consolavam dizendo que os meninos eram bobos mesmo. Ótima observação aquela, mais tarde pude constatar isso pessoalmente.

Voltando ao Rogerinho, um belo dia eu me descontrolei, tive um chilique (aquilo que Freud denominou, décadas antes do meu nascimento, como histeria) típico de princesa e ataquei o garoto a dentadas (típico de um cachorro) logo após ele ter feito, pela milésima vez, pipi no meu castelo. Entendam, não sou uma pessoa irracional e tenho horror à violência física, mas perdi a cabeça. Também pudera, naquela época, eu não tinha muitos argumentos, então resolvi usar meus instintos femininos (ou melhor, animais).

Rogerinho nunca me perdoou por ter levado mais de dez injeções: antitetânicas, antirrábicas, antitudo. Como se eu tivesse culpa da esnobe da mãe dele me considerar um cão raivoso!

O fato é que desde então Rogerinho não perdia uma única oportunidade de fazer uma piadinha desagradável sempre que me encontrava. E lá estávamos eu e Rogerinho esperando ônibus no mesmo ponto. A justiça deveria nos conceder o favor de uma liminar em que constasse que eu e Rogerinho não poderíamos nem mesmo morar na mesma cidade. Ficar a um metro de distância, então, nem pensar!

— Oi, Dora, perdeu a carona do seu pai? Está atrasada para o primeiro dia de aula?

Uma pausa aqui! Por que os meninos nunca falam, mas quando falam, disparam como uma metralhadora e fazem vinte perguntas compactadas em um mesmo parágrafo? Alguém poderia me explicar?

— É o que parece! E você?

— Minha mãe não pode me levar para a escola hoje, e eu não quero perder o primeiro dia de aula. Estou louco para rever meus camaradas!

Outra pausa! Essa mania que os garotos têm de se referir aos amigos como *brothers*, manos, camaradas, parceiros etc. me irrita. Ou eles acham que são revolucionários, íntimos de Che Guevara, ou *rappers* de algum subúrbio de Nova York, vizinhos do Eminem! Ninguém merece!

— Suas férias devem ter sido incríveis para você estar com essa vontade toda de contar!

— Foram legais, sim. Por quê? Vai me dizer que as suas não foram?

Nessa hora me toquei de que o Rogerinho, aliás agora um Rogerão, estava tentando ser simpático pela primeira vez, anos depois do nosso desentendimento.

— Foram legais, sim! Eu fui para a casa dos meus avós. Ficamos...

Disparei as minhas histórias como há muito tempo não fazia, ou pelo menos, não sentia prazer em fazer. Entramos no ônibus e Rogério (é, ele subiu alguns pontos na minha catalogação!) contou que foi para a praia com os pais e dois amigos. Ele me disse que aprendeu a surfar e que isso é maravilhoso; segundo ele, "uma baita sensação de liberdade". Um papo empolgado, com direito a gírias de surfistas e muitas risadas, foi o que rolou até a porta da escola. Rogério também estuda no mesmo colégio que eu, mas nos vemos pouco, pois ele está fazendo um curso técnico, além de ser atleta do time de vôlei.

— Mas então, Dora, é sério. Se você quiser aprender a surfar... na boa, eu te levo e te ensino.

— Jura?! Quem me dera que minha mãe deixasse eu viajar com você.

— Se você quiser, eu peço para a minha mãe falar com ela.

— Talvez.

— Talvez? Quando éramos crianças você não era tão difícil!

— Tava demorando pra você me irritar, né? Quer levar mais algumas injeções?

— É melhor eu ir andando! Tchau, Dora! Foi bom te ver!

— É, também achei legal te ver... Tchau!

♥

Assim que entrei na sala, avistei logo Mariana e Rafaela sentadas uma ao lado da outra no canto oposto ao que eu sempre me sentava.

Nós nunca havíamos rompido a amizade, ninguém disse algo ofensivo ou botou um ponto final na nossa história, eu simplesmente me afastei porque achei que elas ficariam bem sem mim. Mas eu não tinha certeza, eram apenas conclusões que eu havia tirado sem consultar ninguém. Porém, essas separações silenciosas são as piores e costumam não ter volta.

O sumiço da Rafaela durante as férias e agora as duas sentadas juntas, tão longe de mim... agora tenho certeza: nossa amizade realmente acabou!

Fofocas e mal-entendidos são problemas corriqueiros na vida de qualquer garota. Quando você tem a chance de lavar a roupa suja – com classe, claro – é melhor fazer; caso contrário, fica uma sensação ruim de coisa mal-resolvida. Sempre que olho para Rafa, me sinto assim: de certa forma, fracassada como amiga.

♥

Quando a professora Marilene, de biologia, mais conhecida como "Carrie, a estranha", começou a aula, senti seus olhos saltados (os mesmos que lhe renderam o apelido de Carrie) praticamente em cima de mim. Estava tão desapontada com o comportamento da Rafaela que nem tive vontade de tentar adivinhar o motivo de tanta estranheza. Mas o motivo era cristalino, Carrie (opsss! Marilene) me olhava como se eu não fosse a mesma menina que, por cinco vezes, ela foi obrigada a colocar para fora da sala. Em uma dessas vezes, ela me olhou enfurecida, como se fosse incendiar a sala se eu não me calasse. E agora, depois das férias, eu reapareço como uma noviça (ou quase!) de tão comportada.

Não posso culpá-la pelo espanto. Eu mesma estou inconformada com o que me tornei nos últimos meses.

A aula seguiu sem problemas e pelo jeito eu não vou conseguir bater o recorde mundial de expulsões este ano.

Meus lábios nervosos não andam em boa forma, para a sorte da Carrie e dos outros professores.

Na hora do intervalo, encontrei outra amiga dos velhos tempos, ou deveria dizer novos tempos, partindo do princípio de que nossa amizade começou aos oito anos? Mel sempre foi minha amiga, porém, por muitas vezes, ficávamos afastadas e separadas por horários e atividades diferentes (ela adora balé e eu, teatro); em raras ocasiões, conseguíamos passar muito tempo juntas. Mas sempre nos consideramos amigas de verdade.

Mel é uma garota muito esperta, lembro a mãe dela contando que, desde os dois anos, eles não conseguiam mais enganá-la. Esconder brinquedos, dizer que iam ao quintal e irem ao supermercado escondidos, entre outros truques que nossos pais usam quando somos crianças para terem alguns minutos de paz.

Mas com ela nada colava. Para convencê-la a ficar em casa, tinha que rolar algum tipo de suborno. Prometer uma boneca nova, dizer que ia trazer chocolates, ou alugar um desenho animado para que ela se comportasse. Como eu disse: garota esperta essa Mel!

E ela continua a mesma, parece que nasceu com faro de cadela, no melhor sentido da expressão. Um instinto investigativo digno de Sherlock Holmes. Isso pode ser uma grande qualidade em uma pessoa, mas também pode ser irritante às vezes.

Foi divertido me aproximar da Mel, agora que não tenho mais a Rafaela como companheira para todas as horas. Espero que nossa amizade dure para sempre.

♥

Fim do primeiro dia de aula e o saldo foi: fui rejeitada por duas amigas do passado, encontrei o Rogerinho e descobri que ele está mais maduro e já me perdoou pelas injeções, ressuscitei uma amizade do passado e vi o MAIS!

Ah! Essa eu nem te contei. Eu vi o MAIS na saída do colégio, ele estava com a Mariana, o que significa que ainda estão namorando. Ele foi educado, me cumprimentou e depois continuou beijando a Mariana! Eca! Homens!

11. No cardápio, "mais" conselhos sábios!

Cheguei em casa exausta e Luzinete começou um verdadeiro interrogatório sobre o meu primeiro dia na escola. Luzinete é a diarista que ajuda minha mãe a controlar o furacão que semanalmente passa lá pela nossa casa. Tudo culpa de quem? Do meu meu irmãozinho fofo, claro! Só quem tem um garotinho de cinco anos em casa sabe o que eu passo.

Sem muitos detalhes, comentei sobre as férias e que o colégio estava no mesmo lugar, com as mesmas cores, com os mesmos professores rabugentos e os mesmos garotos chatos de sempre... enfim, tudo igual. Resultado, ela também estranhou a minha falta de vontade de falar detalhadamente sobre as novidades.

Luzinete é meio distraída, sabe? Ela vive no mundo da lua. Minha mãe diz que ela tem dificuldade de concentração. Sei que ela não tem culpa, mas sabem aquelas pessoas que vivem quebrando tudo? Pois é. O resultado é que minha mãe fica possuída por ter que comprar copos e pratos novos a cada duas semanas.

Tirando esse detalhe de imperfeição na personalidade de Luzinete, ela cozinha divinamente. E hoje ela fez uma das minhas comidas prediletas: estrogonofe de frango e risoto de aspargo! Ai, que perdição! E quem disse que estrogonofe só combina com arroz branco? Nem te conto o quanto eu comi para você não ficar imaginando que eu sou uma "elefanta". Só mais um comentário: se eu subir em uma balança agora, ela explode. Tem noção?

Dia perfeito, almoço maravilhoso, o bom papo com a Luzinete, não tenho lição de casa para fazer (graças a todos os santos juntos!), minhas atividades extracurriculares (balé, natação, inglês, teatro e sei lá mais o que minha mãe vai inventar!) ainda não começaram. Tenho a tarde livre e vou aproveitar para ler mais algumas páginas do diário de Cecília.

Hoje fui tomar chá na casa de dona Emily novamente. Mamãe já está desconfiada e me perguntou o que faço quando estou sozinha com dona Emily, acho que está preocupada por causa do sr. Marcel. Mas eu disse que a dona Emily sente-se muito só quando o sr. Marcel sai para o trabalho, e como eles não tiveram filhos, ela me chama para bordar algumas peças e tocar um pouco de piano. Acho que mamãe acreditou.

Dona Emily disse-me que da próxima vez que eu for a casa dela, lerá a borra do café para mim para ter certeza de que Joaquim é realmente o homem da minha vida.

Eu já vi algumas ciganas fazendo isso. Elas preparam o café turco, com muito pó, depois, sem coar o café, elas servem as xícaras e esperam que o pó assente. Só então podemos tomar o café. Assim que acabamos de tomar, com a mão direita viramos a xícara sobre a mesa e pensamos nas respostas que esperamos do destino. Quando a cigana desvira a xícara, há vários caminhos desenhados pela borra. E são esses caminhos que a cigana interpreta para nos dar as respostas.

Estou contando os minutos para o próximo encontro com a dona Emily. Mal posso esperar!

Mamãe nem pode imaginar algo assim. Não sei o que ela seria capaz de fazer se soubesse que dona Emily está usando seus poderes de cigana para me ajudar a conquistar Joaquim.

Como diz o ditado: mães são todas iguais, só mudam de endereço! E eu que achava que só a minha é que era assim, dessas que pegam no pé, estabelecem regras sem pé nem cabeça... sim, minha mãe vai das regras inspiradas em crendices populares, tipo: não pode comer manga e tomar leite, não pode tomar banho depois do almoço, não pode dormir com o cabelo molhado (essa eu li em um livro chamado *De menina a mulher* que não pode mesmo, pois você acabará pegando um resfriado, além do cabelo ficar horrível no dia seguinte!), até regras cientificamente comprovadas, por exemplo: roubar o namorado da irmã dá a maior dor de cabeça familiar e não há aspirina que dê jeito!

Estou tão curiosa para saber o resultado da leitura da borra. Onde será que está? Acho que não vai fazer mal eu pular umas páginas, não é? (virando as páginas rapidamente até encontrar a citação sobre a borra). Aqui, achei!

...*quando cheguei, ela estava me esperando e tinha acabado de fazer o café. Foi a primeira vez que provei, é muito forte para mim, mas o gosto do café é o menos importante. Interessante mesmo foram as coisas que a dona Emily conseguiu ver no fundo da xícara...*

—...é verdade, a minha primeira intuição estava certa! Você e Joaquim estão predestinados. Vocês se casarão, mas é possível que o preço da sua união com Joaquim, custe caro à Veridiana...

A minha vontade era dizer claramente que não me importo com a Veridiana, mas resolvi me controlar. Afinal, não quero que dona Emily tenha má impressão a meu respeito. Não sou uma pessoa ruim, apenas faria e faço tudo que estiver ao meu alcance para ter o Joaquim.

—...tem outra coisa, o caminho até o coração de Joaquim está bloqueado. Você precisará de muita força, fé e perseverança para alcançá-lo... não será uma caminhada fácil, vejo muita dor, muito sofrimento tanto para você como para Joaquim e Veridiana.

Nessa hora não aguentei e disse de maneira obstinada: não me importa! Diga o que tenho de fazer e farei. Não me importo com as pedras do caminho, mesmo que chegue ao *meu objetivo com os pés sangrando, eu resistirei à dor. Tudo que quero é o amor de Joaquim e estou disposta a tudo para consegui-lo.*

Foi então que me permiti um momento de reflexão sobre minha vida e as coisas que já desejei. Será que algum dia eu quis algo de forma tão intensa? Acho que não! Mas se um dia eu sentir um desejo tão forte por alguma coisa, será que eu terei essa força para lutar? Essa obstinação? Será que eu passaria como um trator por cima de tudo e todos para conseguir o que quisesse?

Um dia minha mãe conversou comigo a respeito dessas pessoas sem escrúpulos, que fazem de tudo e não temem nada nem ninguém. São capazes de qualquer coisa para se darem bem. E mamãe me disse algo que nunca mais vou esquecer. Ela disse que não precisamos tirar nada de ninguém, pois o que é nosso de fato e de direito está guardado. E que as pessoas que se deixam tomar pela ambição sem controle, ou pela inveja, nunca serão felizes de verdade. Elas estarão sempre buscando algo e, quando o conquistam, jogam fora e começam tudo de novo. É um círculo vicioso, entende?

Será? A dona Emily diz exatamente o contrário, sempre diz que precisamos correr atrás do que queremos, sem temer as consequências.

Dona Emily parece muito mais sábia que a minha mãe. Além do mais, eu gostaria tanto de ser popular e desbancar a idiotinha da Mariana. Namorar o MAIS, ter todos aqueles jornalistas atrás de mim, ser famosa, dar autógrafos, sair nas revistas como a mãe da chatinha – Manuela Oliveira Castro.

Já estou até imaginando a manchete em letras gigantes na capa da revista sobre a vida das celebridades: "Dora, a popular, passa férias no castelo de FACES no interior da Inglaterra". No meio da revista, fotos e mais fotos, minhas e do príncipe Harry, à beira da piscina, andando a cavalo etc. Claro que eu vou preferir namorar o príncipe Harry a namorar o MAIS, não tenho a menor dúvida. Não se esqueça de que essa pode ser a última chance de uma mulher se tornar princesa neste planeta! Pois que eu saiba, de todos os países que ainda têm monarquia, o único que tem um príncipe jovem, bonito e no ponto de casar é a Inglaterra. E sabe-se lá por quanto tempo a monarquia ainda vai durar?

A parte ruim da história (é, casar com príncipe também tem um lado ruim!) deve ser aguentar "ler na cartilha" da rainha-mãe (ou seria rainha-avó!), ver meu sogro Charles se metendo em escândalos amorosos o tempo todo e ainda aguentar o "cunhadão". Que vida dura essa!

Outro detalhe, já pensou você casar com o príncipe Harry e, anos mais tarde, acordar com o príncipe Charles ao seu lado?! Calvo, barrigudinho, orelhudo e com um nariz enorme. É, meu bem, o mundo dá voltas e as pessoas mudam. Você casa com o príncipe e, tempo depois, vira uma luta se divorciar do sapo!

– Dora! Dora, você pode vir até a cozinha, por favor?

Minha mãe chegou e me chamou na melhor hora, eu já estava escolhendo o traje de gala do Harry para o nosso casamento. Mas será o Benedito que uma garota de classe média não pode nem sonhar! Mas nem mesmo sonhar?

– Dora! Eu preciso falar com você!

– Já vooooooou! Droga! (Desculpem, eu sei que prometi que não diria mais essa palavra, mas eu ia casar com o príncipe Harry! Vocês precisam entender o tamanho da minha frustração!)

12. Todo mundo foi, menos eu!

A galera estava agitada hoje, por onde eu passava ouvia um murmurinho como se algo muito importante estivesse acontecendo. A turminha das "superpopulares" estava a mil por hora. No vestiário feminino, Melissa também ouviu alguns comentários sobre roupas novas, cabeleireiro, maquiagem e outras coisas.

Como já é costume, fiquei muito curiosa com toda aquela movimentação, porém, como Mel e eu não fazíamos parte do grupo essencial em um acontecimento escolar, obviamente não fomos convidadas para nada, nem mesmo perderam tempo em nos contar o que estava acontecendo.

Sempre que eu tentava uma abordagem para discretamente descobrir de que evento se tratava, alguém dizia: "Ah! Nada de mais, Dora!" E mudavam de assunto.

Nem mesmo Ludmila, a megera, que adora me esnobar, quis me contar o que estava acontecendo ou o que estava para acontecer. Fiz várias insinuações para tentar provocá-la para um confronto e nada. Ela não reagiu. Seja lá o que for, deve ser algo muito legal para que nem mesmo ela me conte com medo de ficar fora do evento também.

Certa hora já não me importava mais com isso. Na verdade, me importava sim, mas já estava chateada o bastante para me preocupar com um evento, que estava claramente sendo organizado pelas minhas costas e que evidentemente eu não seria convidada. Por outro lado, como diz Rogerinho (eu o tenho visto de vez em quando), eu devo mesmo estar sofrendo de algum distúrbio psíquico. Rogerinho anda dizendo que eu estou com mania de perseguição e ando vendo tramas conspiratórias até mesmo quando o atendente da cantina demora a me devolver o troco. Talvez ele tenha razão!

♥

Era sexta-feira, dia de pizza lá em casa, então resolvi convidar a Mel para assistir a uns DVDs e comer pizza conosco. A convidada de sempre era a Rafaela que, por motivos já conhecidos por todos, inclusive por meu pai e minha mãe, não aparecia mais lá em casa.

Mas Mel aceitou e foi uma noite muito legal. Além de pizza, DVDs e muita conversa, também rolou um jogo da verdade, um jogo novo que ganhei, outro dia, da minha tia. Mamãe, eu e Rafaela rimos muito com as respostas dadas pelo meu pai para algumas perguntas do jogo, sabe? É que se trata de um jogo para meninas, com perguntas para meninas e meu pai, que estava excepcionalmente engraçado, queria porque queria jogar também. Mamãe disse que não teria nada de mais, mas que ele deveria responder às perguntas de forma honesta. Confesso que, no início, ficamos meio intimidadas com a presença de um homem junto ao nosso jogo da verdade, mas depois percebemos que papai estava ali para garantir as gargalhadas e não para descobrir nossos segredos.

A noite foi ótima e apesar de não termos sido convidadas para o evento dos populares do colégio e termos sido excluídas até da sessão de comentários pré-festa, ficamos muito felizes com a noite que passamos em família, tanto que Mel saiu dizendo à minha mãe que adoraria voltar mais vezes. Enfim, pais ótimos, uma ótima amiga, meu irmãozinho comportado com seus brinquedos a noite toda, a pizza estava uma delícia. Uma noite realmente incrível. Como dizem por aí: a felicidade está na simplicidade e não na perfeição!

♥

O *findi* correu quase perfeito, não fosse o fato do meu fofo, lindo e meigo irmãozinho ter quebrado o braço, quando estávamos andando de patins no parque.

Papai resolveu nos levar para andar de patins e bicicleta no parque. Adorávamos fazer esse programa quando eu ainda era uma criança, mas há muito tempo meu pai não se dispunha a nos levar, estava sempre cansado ou com algum trabalho do escritório para fazer em casa, tipo lição de casa, ou aulas de reforço (adultos também têm dessas coisas). Acho que ele estava inspirado esse final de semana; depois do desempenho hilário no jogo com as garotas, um sábado regado a cinema e à pipoca, o domingo foi como há muitos anos: rodeados de árvores lindas, pássaros, muita gente bonita (muitos gatinhos, também!) e passeio de bicicleta e patins.

Minha felicidade, novamente encontrada em momentos de simplicidade em família, tinha que ser interrompida pelo chatinho? Não! Fala sério! Não dá pra entender por que os pais não se contentam em ter um filho apenas! O mundo seria um paraíso se ninguém tivesse irmãos. Ao contrário do que se pensa, as pessoas não seriam solitárias nem egoístas por não saberem dividir os seus brinquedos. Na minha "modesta" e "parcial" opinião, todos teriam muitos amigos e aprenderiam a dividir com uma disciplina chamada: REHIC (Relacionamentos Humanos Intercolaborativos), que faria o mesmo papel hoje designado aos irmãos mais novos, ou seja, o de mostrar que não somos o centro do universo e que temos de aprender a dividir e sermos solidários aos problemas dos outros, além, é claro, de propagar a ajuda mútua em momentos de necessidade.

Voltando ao acidente do pestinha, ele estava apostando corrida de patins com outro garoto com o dobro do tamanho dele (coisa típica de homem, sempre mexe com alguém maior e mais forte pra mostrar que tem mais testosterona!), meu pai e eu conversávamos alegremente próximo a um carrinho de sorvete, escolhendo entre limão e abacaxi e "deu os dois". Meu irmão conseguiu azedar nosso passeio e sobrou um baita abacaxi para o meu pai descascar (leia-se: explicar para minha mãe como meu irmão sai de casa inteiro e volta com o braço quebrado). Mamãe ficou histérica. Também, pudera, se fizessem isso com uma das minhas barbies importadas, eu também ficaria louca.

Antes de ir para a cama dormir, preciso fazer apenas mais uma observação. Apesar de achar o meu irmão um chato, uma criança absolutamente desequilibrada e amedrontadora, eu devo confessar que no minuto em que aquele brutamonte o derrubou, meu pai teve que me segurar para eu não arrebentar a cara dele. Quem ele pensa que é para bater no meu irmãozinho? Será que ele não sabe que isso é privilégio de irmã mais velha?

Fomos ao pronto-socorro e eu fiquei ao lado dele o tempo todo, tive até que segurar na mão dele na hora da injeção, um drama! Depois, no carro, já a caminho de casa, ele me deixou ser a primeira pessoa a escrever no gesso dele. Até que foi divertido olhar a cara dele, quando me viu desenhar vários coraçõezinhos com canetinha rosa! Ele ficou até vermelho de raiva! Adorei!

13. Júpiter e Mercúrio brigam no meio-céu!

Segunda-feira, mais um dia *punk* na arte de acordar cedo. Uma nova queda da cama e meu pai novamente sem paciência de esperar.

Atrasada de novo! Meu pai repetiu enfurecido por várias vezes e disse também que isso está se tornando um hábito insuportável e que vai me proibir de ficar até tarde na rua aos domingos! Os pais sempre fazem isso, eles são especialistas em tirar de nós aquilo que amamos fazer, como forma de repreensão. Será que eles realmente acham que isso funciona?

Fiquei para trás outra vez com um bilhete e a grana da passagem.

Pelo menos dessa vez, meu pai deixou a página do jornal com o horóscopo. Essa é outra coisa em que sou viciada, adoro ler o que os astros me reservam todas as manhãs. Tem gente que não acredita, mas eu sempre acho que dá muito certo. Outro dia, dizia: "o dia será repleto de boas surpresas", e adivinha? O dia foi maravilhoso. Encontrei o MAIS na lanchonete e ele até falou comigo, depois cheguei em casa e minha mãe tinha feito bolo de chocolate, que eu A-D-O-R-O! E pra completar, fui à aula de inglês e soube que fiz a melhor prova da classe (essa última, na verdade, foi a maior das surpresas!).

Mas hoje não parece ser um dia de surpresas agradáveis. Meus pais já foram embora sem mim, eu estou atrasada, mas o lado bom é que tenho o meu jornal e ainda a possibilidade de ver o Rogerinho no ônibus. O dia pode não ser dos melhores, mas quem sabe não será equilibrado? Preciso correr, então lerei meu horóscopo no ônibus entre um chacoalhão e outro. Quem sabe eu descubro que hoje é o meu dia de sorte?

– Nossa! O que será que significa isso: "Júpiter e Mercúrio brigam no meio-céu", ai, minha Santa dos Sagitarianos Desesperados, (eu sou sagitariana!) até os planetas estão brigando no meio-céu! No meio-céu? Melou... isso não deve ser um bom sinal.

Eu ainda nem sei como essa briga afetará a minha vida, mas paulada é sempre paulada e o dia que começa ruim, dificilmente não terminará pior.

Mas eu não posso ser derrotista. Existem algumas maneiras dessas previsões macabras não se realizarem. Fiz uma pesquisa entre algumas sábias mulheres da minha família, em busca de pequenos truques mágicos, mandingas e simpatias que pudessem reverter a praga de um dia ruim. E não se trata de matar galinha preta, muito menos fazer descarrego em encruzilhadas. É só mentalizar! Pense em coisas boas, um céu cor-de-rosa (e sem brigas)! Pensa, Dora! Pensa...

Repetir o mantra da Dora também ajuda. Dora, você é fofa! Dora, você é maravilhosa! Dora, você é demais! Dora, todos te adoram! (Até rimou!)... Dora, você (respirando fundo...)...

♥

Cheguei atrasadíssima, como já era de se esperar. De cara já levei uma bronca da inspetora, que me disse que eu não poderia entrar na primeira aula. Que droga, terei que esperar mais trinta minutos. Não vi o Rogerinho no ônibus, os planetas estão se digladiando no meio-céu, eu não posso entrar na sala de aula e estou sentada numa escada imunda com o meu jeans novo. O que poderia ser pior?

Eu não acredito! Ai, que boca grande a minha! Claro que poderia ser pior. Sentei em cima de um chiclete com a minha calça nova! Mamãe vai me matar. Eu quero matar essa gente porca que joga chiclete com pouco uso no chão! Ai! Eu odeio gente nojenta, que não conhece uma invenção maravilhosa e revolucionária, moderníssima, chamada CESTO DE LIXO!

♥

Teoria conspiratória? Uma megafesta aconteceu na casa da Mariana, a mãe dela convidou toda a nata da sociedade e deixou que ela convidasse quem quisesse. Ela convidou praticamente toda a metade da escola que interessa e pediu a todos que não me contassem nada. Disse que não queria que eu ficasse chateada, afinal ela iria com o MAIS.

E ela achou que eu não ficaria sabendo? Como assim? Será que essa menina é doida, tapada ou perversa mesmo?

Claro que Ludmila não perderia a oportunidade de me contar com riqueza de detalhes tudo o que aconteceu, os amigos da mãe da Mariana que foram à festa, os jornalistas presentes, o pessoal do colégio, as músicas que foram tocadas, o cantor famoso que compareceu e deu uma "canja" com a banda que tocava na festa, até a roupa que o MAIS estava vestindo e, principalmente, a cor dos brincos minúsculos que a Mariana estava usando. Ela praticamente tirou uma radiografia da festa em seu celular para me mostrar. Até gravou trechos das músicas e o som da galera curtindo horrores. Tudo para me humilhar, para me ver pra baixo.

Agora se tornou oficial, eu faço parte da turma das excluídas (aquelas que são ignoradas por todos que são relevantes no cenário escolar!). Estou furiosa! Elas não perdem por esperar. Já chega! Estou cansada dessa palhaçada. Eu fui legal com a Mariana, fiquei amiga dela desde o primeiro instante, nunca a julguei pelo histórico da sua família. Não mereço ser tratada dessa maneira. Mas agora chega! Já fui compreensiva demais, é hora de entrar em ação e fazer alguma coisa. É hora do troco!

Eu sabia! Eu sabia que essa briga de Júpiter e Mercúrio estouraria uma guerra nuclear na minha vida! Eu não te disse que astrologia funciona mesmo? Minha vida é a prova científica que todos esperavam!

♥

Cheguei para o almoço, com um mau humor que só vendo (ou melhor, para o seu bem, nem queira ver!). Minha mãe estava na cozinha preparando o almoço, quando eu passei por ela e não disse nem "oi". Fui direto para o quarto. Ela, é claro, veio atrás de mim para saber o que tinha acontecido. Eu disse que nada e bati a porta na cara dela. Por que toda mãe tem mania de perguntar se estamos chateadas, quando está óbvio que a resposta é sim! E insistem quando dizemos que não temos nada (leia-se que temos tudo, mas não queremos contar NADA!). Elas não vão aprender nunca? Quando eu tiver meus filhos farei tudo diferente, eu juro!

Deitei na minha cama e desabei. Acho que consegui bater algum recorde mundial de derramamento de lágrimas. Depois não posso esquecer de consultar o Guinness

Book para saber se existe essa categoria; se existir vou me inscrever, sem dúvida! Antes eu vou acabar com a "festa" da Mariana! Aquela falsa me paga, ela vai ver! Sei o que vocês devem estar pensando: "calma, Dora! É feio sentir raiva, é um sentimento pobre... que não a levará a nada... blábláblá...blábláblá...blábláblá...". Mas presta atenção! Imagina se fosse com você, ok? Você introduz uma garota na "alta-galera-social-club" do colégio (detalhe: ela não era ninguém!), de repente ela fica popular, rouba o seu namorado (ou algo perto disso), toma sua melhor amiga emprestada e não devolve, e faz a festa do ano e anuncia no jornal que você não será convidada! Agora me responde, criatura cheia de virtudes: o que você faria no meu lugar?

14. Dez lições de popularidade

Faz uma semana desde a festa da Mariana e ainda escuto nos corredores burburinhos sobre o assunto. "Essa festa vai entrar para a história", disse Rafaela a uma garota ontem, enquanto eu passava a caminho da aula de ciências. Ok! Ela nem viu que eu passava por ali, mas mesmo assim me senti mal com o comentário. Afinal, há pouco menos de seis meses, Rafaela era minha melhor amiga, agora ela vai a festas inesquecíveis sem mim.

Hoje acordei cedo, prometi à minha mãe que arrumaria meu quarto; há dias ela vem me cobrando uma faxina no guarda-roupa e a seleção de algumas roupas usadas, "acabadas" ou com pouco uso para doação. E hoje é o grande dia! Após as humilhações da semana, estou me sentindo como Fênix, renascendo das cinzas. A partir de agora, serei uma nova Dora, uma versão melhorada, quase turbinada (sou contra cirurgia plástica na adolescência, então, por ora sem silicone)! Como? Não sei. Ainda são nove e meia da manhã e eu só consigo responder perguntas difíceis após as onze, o que é um verdadeiro problema nos dias de prova.

Nossa! Meu Santo Miele, inventor do jeans que arrebita o bumbum, me ajude! Que bagunça! Se eu perdesse a Cookie aqui dentro, nunca mais a encontraria! Minha mãe tem razão, já passou da hora de arrumar o quarto. Devo admitir que às vezes – deixando bem claro: às vezes – as mães têm razão de se queixar dos filhos.

Sapato velho, blusa esgarçada, minissaia fora de moda, malha furada, boneca com cabelos desgrenhados, jeans desbotados; como disse, tudo com pouco uso.

Olha isso! Aquela bolsa maneira que a tia Luíza trouxe pra mim da Itália, há uns três anos eu não a vejo. A tia Luíza? Não, a bolsa! Tia Luíza eu vi na semana passada com seu novo namorado e provavelmente seu futuro quarto marido! Tia Luíza é assim, não perde tempo, se divorciou do terceiro a menos de um mês e já está marcando a data do quarto casamento. Mamãe fica chocada com a velocidade com que a fila anda na vida da minha tia. Nós mal conseguimos decorar o nome do atual, e ela já está indo para o próximo. Uma loucura!

Essa blusa? Nem me lembrava mais dela. Ai... está presa. Força, Dora (eu sozinha, tentando um apoio moral para soltar a blusa!). Força, mulher! Acho que preciso comer mais "arroz com feijão", como diz meu pai. Ele tem razão, essa ditadura da magreza vai acabar me matando ou me deixará verde de tanto comer alface!

Ai! Puft! Droga, eu bati as costas na cama! Mas que droga, viu!

(Caí no chão e as roupas caíram em cima de mim, a blusa caiu ao lado do diário de Cecília, aberto coincidentemente em uma página com uma relação de conselhos especiais.)

Pelo menos a blusa se soltou e trouxe com ela o diário da Cecília que há algum tempo não leio. Também com o tumulto que se tornou a minha vida, quase não tenho tempo para pensar.

Deixe-me ver. Está aberto em uma página com vários bilhetinhos. Será que são bilhetes de amor? Não. Parecem mais receitas de bolo.

Acho que são pequenos lembretes. Mas lembretes de quê? O título do texto em que o diário se abriu sugere que ela estava tendo aulas de como se tornar adorada pelas outras pessoas. Iupiii... eu preciso disso também!

Ai, eu amo essa dona Emily! Desde o dia em que bati o olho nesse diário, eu sabia que ele me seria muito útil. Será que dona Emily tem algum truque para isso? Alguma receita? Simpatia? Seja o que for, eu topo. Faço tudo para conseguir o que quero: meu título de Miss Simpatia de volta, novos amigos e meus antigos amigos também, ser convidada para todas as festas e principalmente tirar o MAIS daquela falsa. Isso agora é uma questão de honra!

Vamos ver... Isso parece mais um pacto ou um tratado para se tornar POPULAR, a queridinha do mundo todo! Adorei!

Na verdade, havia uma sequência de bilhetes. Em cada um, uma nova lição para Cecília tornar-se admirada por todos e desejada por Joaquim. Reuni a sequência de bilhetes para conseguir entender o sentido dos ensinamentos contidos ali. O resultado foi surpreendente. Pasmem!

PRIMEIRA LIÇÃO: LANCE UM OLHAR PARA SI MESMA!
Olhe-se por alguns instantes no espelho e diga o que você vê. Anote isso em um pedaço de papel ou em seu diário.
Tente ser melhor a cada dia e repita esse passo de tempos em tempos.
Agora diga como você acha que as pessoas ao seu redor percebem você. Escreva isso também.
As pessoas ignoram você? Acham que você ainda é apenas uma criança? Você é convidada para festas e eventos sociais?

– É isso... é isso que acontece comigo, eu não ando sendo convidada nem para velório!

SEGUNDA LIÇÃO: COMO AS PESSOAS GOSTAM DE SER TRATADAS?
Chame-as pelo nome. Lembrar o nome das pessoas é muito importante.

Lembre e comente as grandes conquistas das pessoas, nunca relembre fracassos ou coisas que elas querem esquecer.

Seja genuinamente generosa em seus comentários sobre alguém, pois a pessoa ficará grata a você e ficará devendo a retribuição!

Quando alguém lhe pedir conselhos, não seja autoritária ou mandona. Tudo que a pessoa precisa é ser ouvida e compreendida. Então faça apenas isso!

Conselho é apenas uma dica que a pessoa que está fora do problema pode dar a alguém que, por estar dentro do problema, não consegue enxergar. Mas isso não significa que ele será seguido.

Quando não souber o que dizer, diga apenas que entende o que a pessoa está passando e escute tudo o que ela tem a dizer. Muitas vezes as pessoas precisam apenas de um ombro amigo, nada mais.

Não faça fofocas nem comentários rudes sobre as outras pessoas.

Elogie sinceramente.

Quando não sentir vontade de elogiar, não o faça. Você não tem obrigação de gostar de tudo e de todos. Mas nunca seja rude ou faça comentários ofensivos.

Se alguém fizer um comentário sobre outra pessoa para você, não espalhe. Guarde-o para você! Se a outra pessoa for muito sua amiga, diga a quem está falando que você não tem interesse no assunto.

Terceira lição: As pessoas admiradas costumam ser: Comprometidas com tudo aquilo que fazem. Na vida é importante ter comprometimento.

Ser verdadeira com seus sentimentos e honesta consigo mesma a fortalece quando alguém quiser magoar você.

Não deixe que os outros a magoem. Ninguém tem o direito de apontar os seus defeitos em praça pública, nem mesmo seus pais.

Elas não apontam os erros dos outros, não criticam, não magoam.

Elas respeitam os outros e por isso também são respeitadas.

Quarta lição: Outras coisas interessantes.

Ignorar alguém sem declarar os motivos é algo que dói muito. Se você não quiser passar por isso, estabeleça regras entre seus amigos. Por exemplo: se um dia você se zangar comigo, por favor, me diga o que fiz de errado que tentarei consertar. Se você agir assim, os outros também agirão.

Inclua os excluídos na sua vida ou atividade das quais você participa. Afinal, quanto mais amigos melhor!

Não julgue o comportamento das pessoas, nunca se sabe o que poderíamos fazer na mesma situação. E por outro lado, pense bem, quem é você para julgar?

Você pode discordar das pessoas, mas nem por isso precisa confrontá-las. Às vezes é melhor calar do que brigar.

Seja mais tolerante com os outros, principalmente com a sua família. Lembre-se de que, se laços de amor entre vocês forem fortalecidos, eles estarão ao seu lado para sempre, aconteça o que acontecer.

QUINTA LIÇÃO: SUA APARÊNCIA TAMBÉM É IMPORTANTE E PODE AJUDÁ-LA A CONSEGUIR O QUE QUER.

Cuide da aparência de suas unhas, de seus cabelos e de sua pele.

Os odores ruins também devem ser eliminados. Mau cheiro afasta as pessoas e pode ser obstáculo aos seus interesses.

Cuide de suas roupas, ande com elas sempre limpas e arrumadas.

Os detalhes com a aparência fazem grande diferença na conquista de novos amigos.

SEXTA LIÇÃO: TALVEZ A MAIS IMPORTANTE DELAS!

Pequenas mudanças raramente são notadas. Tenha paciência, pois, as grandes mudanças decorrem do aperfeiçoamento diário e incansável em busca de aprendizado e do resultado esperado.

Treine as melhorias dia a dia, tente não se esquecer dos rituais de beleza e sabedoria que trarão muitos benefícios no futuro.

Seja uma guerreira incansável.

Não tire os olhos do seu foco!

Você pode ter tudo o que quiser desde que saiba lutar.

SÉTIMA LIÇÃO: O PREÇO DA ADMIRAÇÃO!

Ter o amor dos outros tem um preço! E um dia alguém vai lhe cobrar! A admiração de 100% das pessoas nunca será alcançada, então se prepare para se conformar com a frustração.

Uau! Quanta coisa eu preciso saber fazer para me tornar a Dora, Amada e Admirada por todos! Nunca pensei que desse tanto trabalho fazer as pessoas gostarem da gente! Já estou cansada só de pensar em tudo que terei que fazer para conseguir isso.

Mas pelo MAIS, acho que vale a pena tentar. Tentar não, Dora! Pensamento positivo: Conseguir!

Espera aí, eu ainda não entendi uma coisa. Se eu tenho que me olhar no espelho e tentar entender várias coisas sobre mim, escrever no diário as minhas impressões e evoluções, então eu já sei para que servem o espelho e o bico de pena, e já entendi também o motivo do diário. E os frasquinhos que encontrei na caixa? Por que um deles ainda está cheio? Hummmmm... mistério! Acho que terei que ler mais para entender onde entra essa poção.

15. As lições de dona Emily na prática!

Depois de um dia inteiro de arrumação e de deixar a minha mãe toda "felizinha" com o meu momento "Dora, a diarista", fui exausta para o chuveiro. E lá comecei a entender as lições de dona Emily sobre a aparência. Eu estava fedendo a "gambá operário" depois de um turno de 24 horas seguidas carregando galhos de árvore e comida na cabeça (nem sei se gambá trabalha, mas enfim). Cara! Que fedor! Ainda bem que ninguém, além do insuportável meio metro do meu irmão, chegou perto de mim hoje. E como o nariz dele é anestesiado pela sua catinga pessoal, ele nem mesmo percebeu a minha!

Banho... banho... banho... banho demorado. Que delícia! Sei que o planeta está sofrendo com a falta de água, que o mundo agradece a economia, mas hoje eu preciso relaxar e água é muito bom pra isso! E tem mais, se quiserem discutir ações ecologicamente corretas, vão falar com meu vizinho que tem um motorista que lava todos os carros da família, num total de quatro, todos os dias! Isso, sim, é desperdício da água do planeta!

Fiquei renovada e pronta para mais uma sessão de leitura do diário de Cecília. Estou curiosíssima sobre o destino daqueles frasquinhos.

♥

Como eu já imaginava, havia mais algumas "milhares" páginas com declarações de amor ao tal Joaquim, bilhetinhos melosos que nunca foram entregues, algumas desabafos sobre Veridiana, outros encontros com a dona Emily e... até que enfim eu encontrei o trecho que fala dos perfumes.

Isso mesmo, a poção misteriosa nada mais era que um perfume que dona Emily, em pessoa, havia feito para Cecília. A regra era usar sempre que ela fosse encontrar o Joaquim.

Eu só não entendi como um simples perfume, que nem é francês, poderia ajudar uma garota a conquistar o amor da sua vida. Eu vou abrir o que sobrou para sentir o cheiro.

Que luta! Acho que meu pai tem razão, estou muito fraquinha. Vou pegar uma faca na cozinha. Para cortar os pulsos? Não! Eu não estou tão desesperada assim, é só para tirar o lacre de cera na tampa do frasco.

Abriu! Finalmente abri, o cheiro é bom. Não é o melhor perfume que já tive, mas é suave, doce, parece jasmim, sabe? É bom, acho que vou começar a usá-lo e descobrir seus incríveis poderes. Desculpem se pareço debochada, mas perfume encantado não dá!

♥

Hoje iniciei o meu próprio diário. Não que eu já não tivesse um, lógico que tinha. A garota da minha idade que não tem um diário ou não é desse planeta, ou vive sob o regime do Talibã! Mas acho que até sob o domínio deles as garotas devem ter direito a manter um diário. Ou não? Se não puderem, é muita crueldade!

Fiz o exercício do espelho e realmente me sinto melhor. Conversar com você mesma na frente de um espelho é uma experiência fascinante, sabia? Já tentou?

Você não consegue mentir. Isso é muito legal. Todas as vezes que contava algo me fazendo de vítima, a pessoa do espelho não acreditava e me fazia cair na real. Bárbaro! Acho que acabo de inventar um novo tipo de terapia. Eu sou a nova "Freud"! Já imaginou? No futuro as pessoas dizendo coisas inteligentes para o espelho, usando a minha terapia (ou melhor, da dona Emily, mas popularizada por mim), e falando: "Essa sensação só Dora explica!"

Eu vou ficar megafamosa! Claro que não existe ninguém no mundo mais famoso que Freud. Nem mesmo Chanel, Einstein ou Pelé. Freud é o cara!

♥

Estou tentando, eu juro que estou tentando treinar a segunda lição da dona Emily aqui em casa, mas está muito difícil. Como posso tratar meu irmão chato e imaturo com respeito e bondade. Quando dona Emily escreveu essas regras, ficou claro que ela não teve irmãos caçulas. Com certeza não! Senão ela teria colocado uma exceção à regra. É como dizem por aí, toda regra existe para que existam também as exceções, senão qual seria a graça?

Minha "cobaia" preferida é o sr. José da portaria, além da Luzinete, que semanalmente é submetida a doses homeopáticas da minha nova fase.

Com o sr. José, já surtiu efeito positivo. Todos os dias eu passo por ele e digo "bom-dia", "boa-tarde", ofereço ajuda com as sacolas de compras das vizinhas (ele sempre aceita, claro), mando lembranças à mulher dele (que é uma chata, mais isso não vem ao caso). Eis que outro dia ele me surpreendeu dizendo ao meu pai, como eu sou bem-educada! Pontos para mim! Meu pai abriu um sorriso iluminado e aumentou a minha mesada três dias depois, e eu nem precisei encenar um drama para conseguir isso! Um verdadeiro milagre!

Na escola não tem sido diferente. Meu comportamento é exemplar agora. Sento na frente, falo pouco (isso é muito doloroso pra mim, como vocês devem imaginar), tiro ótimas notas, o que também melhorou o clima para o meu lado lá em casa.

Tenho seguido o passo a passo de cada uma das sete lições da dona Emily. E depois de quatro semanas (parece até bula de creme), já tenho visíveis resultados em todos os setores da minha vida.

Minha mãe até foi chamada novamente ao colégio, e dessa vez para a sua surpresa, foi para ouvir elogios a meu respeito! Iupi... mais um ponto em casa!

Amigos novos, mesada nova, elogio dos professores, convites para eventos, desde festinhas de aniversário até batizados e B'nai Mitzvá! Acho que estão me levando a sério. Estão me tratando como adulta. E eu? Estou adorando!

E assim segue a vida no bosque encantado de "Dora no País das Maravilhas". Porém, como nem tudo são flores, as irmãs megeras da Gata Borralheira (ou seja: Mariana, Rafaela e Ludmila) ainda não tiveram a lição que merecem. Elas andam incomodadas com a atenção que ando recebendo, mas é pouco! Eu quero MAIS!

Essa é uma história que será recontada e se terá final feliz, só o meu guru predileto, aquele que faz o horóscopo diário no jornal, pode saber.

16. Tornando-se o centro do mundo

Eu estou me achando. Estou insuportável! E estou adorando!

Convenci minha mãe a me dar um banho de loja. Fomos ao shopping e compramos muitas coisas legais. A maioria em promoção, eu sou a rainha das promoções; acho que se vestir bem não é questão de preço e sim de bom gosto. Sendo filha de um contador, não poderia pensar diferente, papai jamais permitiria que eu gastasse em um par de sapatos o dinheiro da compra do supermercado do mês. Não mesmo!

Comprei blusas e saias novas, também um jeans maravilhoso e apertadinho, além de um par de sandálias de salto alto (nem acredito que mamãe concordou com isso! Ela nunca me deixou usar saltos! Acho que finalmente percebeu que cresci). Algumas maquiagens também foram permitidas por ela. Adorei.

Depois da minha produção especial para a minha nova fase, estou me sentindo incrível. Consigo entender perfeitamente a necessidade que uma mulher tem de renovar o guarda-roupa, cortar os cabelos, ou simplesmente ter uma tarde de rainha no salão de beleza após uma grande decepção. Juro que entendo! A gente se sente novinha em folha!

Verdade! Não posso mentir quanto aos meus sentimentos, dona Emily me ensinou que tenho de ser honesta com os outros, mas principalmente preciso ser honesta comigo mesma!

Valeu a pena seguir cada conselho do diário de Cecília. Ela conseguiu o Joaquim e eu conseguirei o mundo aos meus pés! E isso é o máximo. Que me desculpem as invejosas e as que não se sentem capazes de conseguir fama, poder e popularidade na turma, mas isso é problema de cada um!

Conseguirei tudo que quiser, e estou muito próxima de realizar meus sonhos e também de conseguir o MAIS importante. O próprio MAIS!

♥

Duas semanas depois, e muitas mudanças aconteceram. Semana passada, eu fui a uma festa muito legal de uns garotos que estão no terceiro ano. Nem acreditei quando eles me convidaram. Parecia mentira, eu nunca imaginei que eles me convidariam, afinal eles são muito mais velhos que eu, quase quatro anos. É muita diferença! Normalmente eles não convidariam uma menina como eu para uma festa onde rola até cerveja! Meu pai ficaria louco se soubesse. Sinceramente, eu acho que meu pai sabe, ele já teve a minha idade e conhece o mundo muito bem, mas enquanto ele faz o joguinho do crente (que acredita que a filhinha dele é uma santinha!) eu estou achando ótimo. Pior seria se ele me proibisse de ir à festa. Imagina o mico! Uns caras do terceiro ano me convidam para uma festa e eu não vou porque meu pai não deixou! Eu iria enlouquecer de raiva e pular a janela. Nem pensar! Esqueceu que eu moro no 10º andar?

A festa realmente foi muito boa, nem preciso dizer que a Rafaela estava lá, tentou uma investida. Deu alguns rasantes pra cima de mim, só para ver se eu voltava a falar com ela. Mas eu já disse à Priscila, minha nova melhor amiga, que não quero ver a Rafaela nem pintada de ouro na minha frente. Ela que continue amiguinha da Mariana e façam bom proveito.

A Mariana, por sua vez, continua a mesma esnobe de sempre. Fica para cima e para baixo com o MAIS a tiracolo, e o pior é que parece que ele gosta de ser o cachorrinho de madame dela. Tipo cachorrinho na coleira de "strass" mesmo! Odeio isso! Ela parece que faz só para me provocar! A qualquer hora dessas, ele vai aparecer tosado e com tintura rosa nos cabelos.

Essa semana vai ter outra festa, e já tenho tudo arranjado, meus pais acham que vou dormir na casa da Mel. Eu disse isso, caso eles resolvessem não me deixar ir à festa. Minha mãe anda reclamando que eu estou muito "baladeira" e, segundo ela, eu ainda não tenho idade para isso. Agora vê se pode uma conversa dessa? Quando ela começou com esse papo, eu já a mandei fazer um *upgrade* e ela, adivinha só, não entendeu. Foi perguntar para o meu pai o que era "fazer um *upgrade*". Eu quase morri de rir quando ela voltou ao meu quarto dizendo: "mocinha, eu sou uma mulher de vanguarda, viu?! Saiba a senhorita que sou muito atualizada e estou de olho em você!".

Ah, tá! Ela é tão atualizada que não sabe o que é *upgrade*, me chama de mocinha e fala gírias como "chiquérrimo" com meu pai! Como assim atualizada? Só se usarmos como referencial a era mesozoica! Poupa-me, que hoje eu estou sem tempo para isso.

Daqui a pouco o Marcos vai passar aqui em casa e vamos ao cinema. Cinema é igual a filminho, pipoca e beijinhos como diz a Pri (ela acha que eu estou ficando com ele, sabe? Ela fica irritada quando falo no MAIS, então tive que inventar esse interesse no Marcos). Mas isso não é o pior. O pior mesmo é que sou inexperiente, por assim dizer, nesse lance de beijar! Pronto, falei! Foi até bom desabafar.

Essa popularidade instantânea que consegui mexe com meus hormônios e me faz esquecer alguns detalhes cruciais, tipo: eu nunca beijei! Nem sei o que fazer quando estou perto de um garoto. Vou explicar direito.

Existem vários tipos de garotos com os quais convivo todos os dias. Alguns eu quero bem longe de mim. Estão nessa categoria: os nerds, os que fazem campeonato de cuspe no intervalo (mil vezes credo!), os da turma do fundão, os cabeludos (odeio garotos cabeludos!), entre outros.

No grupo dos que eu quero ao meu lado e só estão aqueles que são legais e têm bom papo, não importa se é bonito ou feio, devem ser compreensivos, fazer o tipo amigão. E nunca, nunca mesmo, devem... me criticar!

E o outro tipo é o que causa sensações estranhas no meu estômago. Os americanos chamam isso de "voo das borboletas no estômago" (acho que é isso!). Aquela sensação de que algo está estranho dentro da gente. Um nervoso inexplicável ou totalmente explicável, falta de palavras (ou uma deficiência da fala, temporária), pernas bambas e mãos suadas.

Para falar sério, nunca senti tudo isso junto ao chegar perto de um garoto, mas sempre que chego perto do MAIS, minhas palavras somem e minhas pernas ficam literalmente moles!

Agora vamos combinar que não dá nem para ensaiar um beijinho com todas essas coisas acontecendo ao mesmo tempo. Eu fico morrendo de vergonha e não sei nem por onde começar.

Pelo menos hoje não preciso pensar nisso, o Marcos faz parte da categoria numero dois: os amigos. Ele é divertido, me faz rir e adora minhas histórias. Mas é só isso, a real é que ele gosta da Mel e como é muito tímido, não consegue dizer isso a ela. Então eu faço o papel de amiga confidente e meio cupido nas horas vagas.

Ah! Eu quase esqueci de contar uma pérola que ouvi ontem de um garoto. Uma daquelas cantadas baratas que não valem nem a pena relembrar, mas lá vai: "Dora, você é a princesa que está faltando no meu castelo. Perto de você, todas as meninas viram 'sapas' e eu fico sem opção!". Hã? Será que ele acha que Dora, a superpoderosa, vai dar trela para um garoto com uma cantada infame como esta? Realiza!

O mundo de Dora gira como um globo de espelhos! E é só luxo, amiga!

17. Uma festa de arromba

Semanas e semanas de agitação, estou exausta, precisando urgente de uma noite de sono completa e renovadora. Minha aparência está péssima, um zumbi com um pouco de ruge e gloss – é assim que estou! Péssima, péssima... péssima! Preciso dormir!

Todos os dias tenho que acordar mais cedo que de costume para cuidar do visual, antes eu saía de casa sem pentear os cabelos (ok, há um certo exagero nisso!), mas agora tenho que estar impecável a qualquer hora do dia, todos os meus amigos me cobram isso. Virei referência nacional, formadora de opinião, todas as garotas querem saber qual a cor do meu esmalte, o que uso para manter o frescor da pele (frescor da pele? Eu só tenho catorze anos!), se tenho uma alimentação especial para manter o corpo esguio (antes eu era a magrela, agora tenho corpo esguio) e os cabelos brilhantes. O que está acontecendo com esse povo? Eu sou a mesma Dora de antes, mas as pessoas entraram numa histeria coletiva depois que comecei a seguir os conselhos da dona Emily, que até eu estou em dúvida a meu respeito (será que fui abduzida e devolveram outra Dora no meu lugar e eu não sou eu! Confuso, né?). Como pode uma mudança de postura e de comportamento fazer de mim uma referência para outras meninas que na maioria das vezes eu considerei mais bonitas e inteligentes que eu. Garotas que a até bem pouco tempo eu invejava (inveja boa, ok?) e que agora estão sentindo inveja de mim!

Não fiz nenhuma mudança significativa em minha aparência, apenas estou mais cuidadosa com os detalhes, como não esquecer de escovar os cabelos todos os dias, fazer limpeza de pele uma vez por mês, passar um creminho para acne, manter as unhas limpas, lavar os tênis, usar as roupas bem passadas e tentar adequá-las a cada ocasião para não parecer cafona. Coisas simples. Outra mudança é que agora não saio de casa sem usar o perfume que encontrei na caixa. Aquele com cheiro de jasmim. Não sei se ele realmente tem efeitos mágicos, como Cecília descreve no diário, acho que não, mas o cheiro é bom e, pelo sim ou pelo não, resolvi experimentar.

Entretanto é em meu comportamento que as mudanças são evidentes. Estou mais simpática, voltei a ser tão comunicativa quanto antes, estou cheia de energia, eu me sinto ótima. Isso deve ser o que as pessoas chamam de "autoestima alta"! Parece que a minha anda ligada na tomada 220 volts. Eu me sinto tão bem, tão feliz! Radiante! Acho que todos percebem isso, está refletido no meu sorriso, que aliás, eu faço questão de mostrar o tempo todo. Mas como já disse, estou um pouco cansada da agitação e preciso dormir!

♥

Outra semana agitadíssima, semana de provas no colégio, shopping à tarde e balada no final de semana, desta vez é um show dos "The Guy". Eu adoro as músicas deles, sem contar que eles são lindos. Haja pique pra tudo isso. Ainda bem que, com a desculpa das provas, pude ficar um pouco em casa para estudar e dormir mais cedo. A Mel também ficou confinada em sua casa estudando a semana toda e nem foi dar um giro no shopping comigo e com a Priscila.

Priscila, por sua vez, não fazia ideia do que estava rolando no colégio. Não estudou, não se preocupou e colou! Colou em todas as provas e ainda veio contar vantagem pra mim se achando a espertona por não perder um único minuto da sua vida estudando e, segundo ela, "passar de ano do mesmo jeito". Nesse ponto tive que analisar se a popularidade me tornaria alguém como a Priscila. Eu gosto dela, porém fico chocada com o seu jeito de levar a vida, sempre procurando o caminho mais fácil para alcançar o que quer. Não sei se isso é legal!

As provas acabaram, ainda bem, nós já não aguentávamos mais, os professores estavam sugando nossos cérebros com canudinho. Uma doideira! Uma nova agitação tomou conta da turma essa semana. Para comemorar o resultado das provas finais e as férias que estão próximas, resolvemos fazer uma festinha na casa da Pri. Os pais dela liberaram a casa, que é muito legal e tem até uma piscina olímpica. A festa não será na casa de fato e sim no salão de festas do condomínio. Melhor assim, pelo menos os adultos não ficarão nos vigiando o tempo todo e poderemos curtir mais!

Dessa vez eu estou organizando tudo, será a minha festa, e ao contrário da Mariana, eu convidarei todo mundo, inclusive ela! É minha oportunidade de dar o troco, ela vai ver só!

Passamos dias e noites organizando tudo, todos colaboraram dando dinheiro e ajudando a montar os convites e a decoração da festa. O Marcus tem uma pick-up e vai ficar responsável pelo som, ele não é DJ profissional, mas tem talento. Ano passado ele ganhou um concurso de DJ amador e o prêmio foi um curso e a pick-up maravilhosa que ele ostenta desde então.

Estou superansiosa, quase não me aguento. Pedi para minha mãe comprar algum floral para que eu me acalmasse. Estou uma pilha! Não é pra menos, essa é a primeira festa que eu organizo, tudo tem que dar certo, senão será um fiasco. E todos falarão disso por séculos: "você se lembra da festa 'micada' que a Dora organizou? Pois é, agora ela está organizando as suas bodas de prata, mas estou pensando se devo ir ou não!". Se algo der errado, esses serão os comentários das minhas amigas daqui a quarenta anos.

Sábado, 28 de novembro, às 15 horas.

Eu, o Marcus, o Robson, a Gi, a Mel e a Priscila, todos trabalhando em equipe, limpando o salão de festas, decorando, arrumando a comida e as bebidas, enfim, deixando tudo pronto para quando a galera começar a chegar.

Os pais da Pri e os meus nos fizeram jurar que não teria bebida alcoólica. Nós juramos, claro! Porém já ouvimos alguns garotos combinando de trazer cerveja e não temos como impedi-los. Espero que isso não nos cause problemas.

Tudo pronto. Agora eu, a Pri e a Tatá (outra amiga que veio nos ajudar) vamos nos arrumar na casa da Pri, os outros já foram se arrumar e voltam mais tarde.

Comprei um vestido lindo para usar hoje. Minha mãe no início achou um exagero comprar uma roupa nova para essa festa, mas depois ela entendeu que é uma espécie de iniciação aos eventos sociais e que eu precisava de uma roupa nova para tal. Depois de muito custo, consegui convencê-la a me dar o dinheiro para que eu fosse ao shopping sozinha com a Priscila, afinal eu já tenho idade para comprar minhas próprias roupas. Ela queria que eu pagasse o "micão" de ir com ela!

Acha??? Que bizarro! Eu que sou quase uma mulher feita, indo comprar uma roupa para balada com minha mãe! Ela enlouqueceu! Daí ela começa com aquele discurso: "no meu tempo, Dora, minha mãe escolhia as minhas roupas até eu começar a trabalhar. E eu já tinha uns 18 anos!".

Essa história de "no meu tempo" é uóóó! Todas as mães adoram falar isso! Vivem lembrando que no tempo delas... tudo era diferente. Outro dia eu disse para a minha: "não precisa ir tão longe, nem ficar tirando poeira desses seus baús de recordações dramáticas, hoje em dia existem muitos países onde as mulheres não podem nada, nem mesmo andar ao lado dos maridos ou filhos homens. Elas não podem mostrar o rosto, os cabelos... um pedaço do corpo então nem pensar! Muitas delas não podem nem falar!" Mas graças a tudo que há de mais sagrado no mundo, eu nasci aqui, um lugar cheio de liberdade, democracia e onde eu posso até fingir que tenho os mesmos direitos que os garotos. Mas se eu tenho mesmo, ainda não descobri.

O que interessa é que consegui comprar meu vestido lindo, sozinha, sem os palpites irrelevantes da minha mãe e estou muito feliz por isso!

♥

Sábado, 28 de novembro, às 20 horas.

Estamos fazendo o aquecimento. O Marcus já está colocando algumas músicas pra testar o som, somos apenas nós por enquanto. Ninguém chegou, pois no convite marcava a partir das 20h30.

Estou tão eufórica, acho que não esqueci de nada, mas se esqueci, já montei um plano A, plano B, plano C... até plano Z eu já tenho para qualquer emergência.

Convidei a escola toda, incluindo Rafaela, Ludmila, Mariana e o MAIS.

A galera está começando a chegar e pelo visto a festa vai bombar!

Bebida alcoólica foi vetada, mas já vi alguns garotos chegando calibrados e outros com pacotes suspeitos. Eu vou fingir que não vi, se alguém tem de falar alguma coisa, que seja a Pri, eu é que não farei papel de chata... de jeito nenhum! Essa noite é minha e só quero me acabar de dançar, me divertir e quem sabe beijar na boca.

O Dj Marcus está arrasando, a festa está ótima, rolando o maior "batidão"! O porteiro do condomínio já veio reclamar, pediu para o Marcus abaixar o som; ele abaixou por dez minutos e depois aumentou de novo.

Muita gente na festa, tem gente que nunca vi, até uma galera do próprio condomínio. Detalhe: nós não convidamos, apareceu de penetra, mas a Priscila disse que eles são legais e como entre eles há alguns que se salvam (leia-se: que dão um caldo!), eu deixei passar. Mas o único cara capaz de me deixar sem fôlego ainda não chegou: o MAIS. Será que ele não vem, será que preferiu pegar um cineminha morno com a warm girl Mariana? Duvido! Ele adora uma festa e essa foi feita pensando nele, ele tem que vir!

♥

Já passava das dez horas, quando cansei de ficar no salão dançando e suando, resolvi sair um pouco para tomar um ar. Fui para a piscina coletiva do condomínio, que fica ao lado do salão. Lá também havia muita gente, pois a festa estava tão cheia que não cabia mais ninguém dentro do salão. Todos pareciam se divertir muito e meu termômetro da popularidade me dizia que, após aquela festa, eu realmente entraria na alta roda para sempre.

Entre casais apaixonados e garotas barulhentas matracando sem parar, eu tive uma visão. Olhei para a porta que dá acesso à piscina e fica exatamente do lado oposto de onde eu estava sentada e vi um vulto. De longe eu só pude ver que era um cara alto, com corpo definido e cabelos curtos. Imediatamente senti meu coração dar um salto e me levantei sem pensar. O primeiro pensamento que me veio: é o MAIS. Fui tomada por uma timidez que nunca senti igual. Tímida eu? Como? Senti minha face quente como se tivesse acabado de tomar um banho com água fervendo. Fui andando em direção a ele, enquanto ele parecia corresponder e andar também na minha direção. Será que ele também estava me procurando? E a Mariana, não veio? Muito bom para ser verdade. Continuei caminhando sem conseguir ver direito seu rosto, a iluminação da piscina estava desligada, até por isso foi o canto escolhido pelos casais. Quando cheguei a menos de dois metros dele, escutei uma voz que me remetia à infância. Era o Rogerinho!

– Oi, Dora! Que festa legal. Eu estava te procurando. O que você está fazendo aqui sozinha? Deveria estar lá dentro curtindo com os amigos.

– Oi, Rogerinho! Estou tomando um ar, mas você tem razão, é melhor eu entrar, devem estar sentindo a minha falta.

– Os outros eu não sei, mas quando eu cheguei e não te vi fiquei com vontade de ir embora.

Depois de um riso abafado, que demonstrava claramente que eu havia gostado de ouvir aquilo, mas não queria admitir, respondi:

– E agora que me achou resolveu ficar ou precisa chegar em casa antes da meia-noite pra não virar abóbora?

– Pelo menos eu sou a carruagem e não os cavalos.

– Não entendi! (Entendi sim! Mas vamos dizer que não.)

– Os cavalos viram ratos à meia-noite.

– É, acho que você está mais para abóbora mesmo!

– Você me acha cabeçudo?

– Não, Rogerinho, eu acho que já respondi perguntas demais por hoje. Vamos entrar e dançar um pouco!

Eu fui na frente, em direção ao salão, morrendo de vontade de dar uma gargalhada bem alta. Vocês precisavam ver a cara dele, achando que eu penso que ele é feio, cabeçudo ou mutante. Por que ele se importa tanto com que eu penso? Que bobo!

Quando estava quase na porta, a Mel apareceu descompensada com a notícia: O MAIS chegou, está com a Mariana e a Rafaela.

A notícia não era 100% boa, mas já serve como injeção de ânimo para eu me acabar na festa. Olhei para o Rogerinho, que estava com um semblante meio sem-graça por causa da chegada do MAIS. Nunca consigo entender os garotos. Eles são rivais até mesmo quando não estão disputando nada. Rogerinho me protege do MAIS, como se eu precisasse ser protegida, como se eu fosse sua irmã mais nova. Ele deveria se preocupar com o MAIS, pois eu estou cheia de péssimas intenções, ou seriam ótimas intenções? Ou melhor, Rogerinho deveria se preocupar em arrumar uma namorada e largar do meu pé. A Mel vive dando mole pra ele, mas ele finge que nem vê. A Priscila é outra, se joga em cima dele, praticamente se oferece como uma mercadoria em promoção. Vira e mexe, ela o convida para ir ao Arena Games, mas ele também nunca topou. Arena Games é um quiosque de jogos de computador, que tem lá no shopping. Todo adolescente adora isso. Mas voltando ao assunto, o Rogerinho disse que só viria à festa porque eu convidei. Fiquei até desconfiada de que minha mãe tivesse pedido para ele me vigiar.

Se for isso e eu descobrir, vou descer do salto e enchê-lo de dentadas de novo! E dessa vez não vai ter vacina no mundo a salvá-lo da minha raiva!

Entrei no salão e tive uma visão desastrosa que por pouco não estragou a minha noite. Mariana e MAIS se agarrando no meio da pista de dança e vários idiotas (pois todo garoto babão é idiota) fazendo o círculo em volta dos dois.

Não tive dúvidas, corri para a pista de dança e iniciei o "número"! Eu estava elétrica, dançava alucinadamente, radiante de felicidade e louca de vontade de me mostrar para o MAIS. Eu estava a 300 por hora e todos me olhavam e tentavam acompanhar a minha empolgação. Da pick-up, o Marcus retribuía com músicas cheias de ritmo e energia, como se tivéssemos ensaiado cada passo.

O MAIS ficou impressionado com a minha performance e não tirava os olhos de mim. E eu? Aproveitava cada olhar para deixar claro para a Mariana que eu também estava viva na disputa e que dessa vez eu ganharia!

Acho que no fundo o MAIS estava se sentindo o máximo, qual o cara que não gosta de ser disputado por duas garotas bonitas e inteligentes? Só não dá pra ficar com as duas, então ele vai ter que se decidir.

Lá pelas tantas, um copo começou a rodar a festa, eu não fazia a menor ideia do seu conteúdo, percebi que ele andava por três ou quatro mãos, e depois alguém o enchia novamente. Até que ele passou na minha frente e alguém gritou:

—Vira, Dora!

Eu estava suada e cheia de calor, estava dançando há horas sem parar e não via um copo de refrigerante por ali. Pensei que alguém tivesse feito a caridade de mandar um para mim. Virei.

– Que gosto amargo! O que é isso?

Todos riram, o copo sumiu da minha mão como num passe de mágica e reapareceu cheio novamente. E outra vez a voz:

—Vira, Dora!

Sem obter a resposta e suspeitando que era uma bebida altamente alcoólica e que eu não deveria estar tomando aquilo, tentei recusar. Mas a voz me desafiou:

– Que é isso, Dorinha, vai dar uma de neném?

Olhei para o MAIS e ele estava divertindo-se com minha ousadia, claro que ele sabia o que havia no copo e queria que eu provasse que realmente era capaz de beber. E eu bebi.

O copo desapareceu de novo e logo reapareceu nas mãos da Pri e ela tomou. Depois ele continuou rodando pelo salão de festas.

No momento em que bebi, não senti nada além do gosto pouco agradável, muito diferente das bebidas que estava acostumada a tomar. Mas, depois de alguns minutos, eu fui ficando tonta e numa euforia incomum. Nunca tinha sentido aquilo antes. O salão girava, as pessoas giravam, o mundo girava e eu só queria que ele parasse de girar.

Continuei dançando, e quanto mais eu dançava, mais as estranhas sensações aumentavam. Muito louco aquilo. Eu dizia coisas sem sentindo, tinha vontade de rir e de chorar ao mesmo tempo. Via coisas, muitas pessoas, tudo embaçado e...

O pior aconteceu: ops, "*golfei*". Ou melhor, vomitei feio! Vomitei muito! Que mico insuportável. Só não foi pior, porque, na hora em que desastrosamente isso aconteceu, a Mariana levou o MAIS lá para fora, estava incomodada com os olhares que ele lançava para mim. Mas não demorou a chegar aos ouvidos dele que eu dei o maior vexame da noite. Eu vomitei nos pés da Rafaela!

Ela com toda razão ficou enfurecida, seus sapatos novos, comprados exclusivamente para ir àquela festa, foram parar no lixo ali mesmo e ela teve de pegar emprestado um chinelo de dedos da Priscila para ir embora.

Não fiz de propósito, mas tenho que confessar que adorei dividir a cena mais patética do meu ano com ela, que de ex-melhor amiga passou a maior inimiga. E o fato em questão só agravou a crise que já existia entre nós. O clima de guerrilha se instalou definitivamente e sei que nunca mais voltaremos a ser amigas. Essa é a real.

Conforme fui tendo alguns surtos de lucidez em meio a minha quase total embriaguez, comecei a me preocupar com a reação dos meus pais se soubessem que eu bebi (de forma involuntária, mas bebi). O que eles diriam? O que fariam comigo? Uma década de castigo sem colocar a cara na janela seria pouco! Eles vão me esfolar viva, me virar do avesso, sei lá! Mas que eles vão... eles vão!

Foi quando percebi um braço me pegando e me dirigindo para a casa da Priscila. Não entendi direito quem ou o que estava me conduzindo, mas fui. O que seria pior que ser pega ali bêbada pelos pais da Priscila, que certamente avisariam os meus na mesma hora e acabariam com a festa? O drama aumentaria consideravelmente. Então me deixei ser conduzida sem resistência, eu estava em um condomínio fechado e cheio de seguranças, nada de mal poderia me acontecer. E não aconteceu, quem me carregava era o Rogerinho e logo atrás de nós seguia a Priscila em um estado muito melhor que o meu. Não era a primeira vez que ela bebia, então a resistência dela ao álcool era melhor que a minha (marinheira de primeira embarcação). Já estava combinado que eu dormiria na casa da Pri após a festa, assim não teria que voltar tarde de carona com sabe-se lá quem. Nem faria meus pais saírem de casa no meio da noite para me buscar, Priscila então armou um plano.

Os pais dela estavam na sala esperando a festa terminar para verificar as consequências. Tipo: se haveriam garotos bêbados espalhados pelos jardins dos vizinhos, se nós havíamos quebrado algo no salão e outras coisas do gênero. Daí a Priscila resolveu que Rogerinho devia me carregar até a porta dos fundos e me colocar nas dependências das empregadas. Lá havia duas camas e a mãe da Pri só tem uma empregada, que estava de folga, pois era sábado, e ela só voltaria na segunda.

Deu certo. Quando a festa acabou, os pais da Priscila fizeram a checagem geral no condomínio e no salão. Verificaram que, além da sujeira que teríamos que limpar no dia seguinte, a única coisa que estava faltando era exatamente...

– Onde está a Dora, Priscila?

– Nossa, mãe, você deve estar mesmo cansada. A Dora passou por você agora há pouco na sala e te deu boa-noite e tudo, você não lembra?

– Nossa, acho que foi na hora em que cochilei.

– Acho que sim, papai estava na cozinha e você estava desmaiada no sofá. A Dora também estava morta de sono e foi deitar.

– Tem certeza?

– Claro que tenho, eu mesma fui arrumar a cama para ela.

– Então vamos, que também estou morta de sono e amanhã vou supervisionar a limpeza que vocês farão!

– Ai, mãe, você não pode deixar para a Rosária limpar na segunda?

– Nem vem, Priscila. Qual foi o nosso trato? Você faz a festa, mas arruma a bagunça.

– Ai, tá bom! Tá bom...

No dia seguinte, nem te conto. Acordei com uma baita dor de cabeça. O mundo ainda insistia em girar. Tomei café e vomitei de novo. Ainda tive que fazer a maior força para disfarçar, pois os pais da Pri não podiam nem imaginar que haviam me "drogado" com aquela bebida maldita. Senão sobraria até para a própria Priscila que me escondeu e até para o Rogerinho que me carregou para o quarto, escondido de todos. Eu iria complicar muita gente se eles desconfiassem. Tive que me conter, afinal era o preço a pagar.

Baldes, panos imundos, sabão e muito cansaço. A somatória disso foi um salão brilhando e duas garotas semimortas estiradas no gramado. Nunca trabalhei tanto na minha vida, o salão estava terrível. Tinha chiclete grudado em cantos inimagináveis. O banheiro então, pior que banheiro de rodoviária em véspera de feriado, um nojo. Botei as luvas de borracha e não tive dúvidas, segurei nas bordas do vaso e vomitei o resto do meu almoço antes de começar a limpar. Um ótimo dia para não ser esquecido: Dora dá a festa do ano e vomita todo o seu "eu interior". Que cena bonita de se ver! Uma garota tão jovem e já drogada... viciada... É melhor eu parar com o drama e terminar logo essa faxina, pensei.

Pensei também em outras coisas, como me lembrar de nunca mais beber no copo de um estranho, mesmo que esse estranho não seja assim tão estranho. Mas sempre que o conteúdo do copo tiver um cheiro desconhecido, lembre-se desse dia Dora, não beba! Repeti isso para mim mesma todas as vezes que vomitei. Acho que aprendi a lição.

♥

Cheguei em casa "podre", mas feliz com a festa, e mais ainda com o fato de os meus pais não terem ficado sabendo dos detalhes sórdidos. Fui me arrastando para a cama e louca para dormir até a hora em que o despertador iria me acordar para o noticiário extraordinário do colégio, em que o assunto principal seria a festa e consequentemente o porre da Dora.

Para minha surpresa, a galera só comentava coisas boas sobre a festa. Como foi melhor que a da Mariana, porque não haviam adultos supervisionando, de como eu era descolada, do meu porre hilário, que eu estava ótima, que danço muito bem. As meninas comentavam até sobre o meu vestido! Tudo isso e apenas uma crítica, Rafaela se queixava a uma garota que não foi à festa, obviamente porque não foi convidada, sobre o par de sapatos que perdeu, mas ninguém, além dessa garota, estava interessado em ouvir a Rafaela choramingar por um par de sandálias.

Outra coisa muito joia que fiquei sabendo foi que a Mariana tinha ido embora da festa sozinha e chorando.

Tudo porque o MAIS resolveu ficar e se divertir com os amigos enquanto fazia elogios rasgados à minha humilde pessoa!

Saldo favorável novamente! Dei vexame, mas ninguém ligou para isso! Meus pais não ficaram sabendo e minha festa foi um sucesso!

18. Enfim o "mais"

Hoje eu achei que nem mesmo um desfile de fanfarras na porta do meu prédio seria capaz de me tirar da cama. Minha mãe já veio tentar me acordar à base de gritos, eu nunca a tinha visto tão nervosa. Acho que deve estar chateada com meu pai. E eu que pago o pato! Meu pai também anda todo estressado comigo. Semana passada disse que iria reduzir a minha mesada, que já é mínima. Só porque eu fui a uma festa no meio da semana e não acordei para ir à escola. Vê lá se isso é motivo para reduzir a minha mesada. Como eu conheço meu pai muito bem, é melhor não vacilar, vou levantar e vou para a escola imediatamente. E tem mais, hoje tenho ótimos motivos para ir ao colégio, o MAIS terminou com a Mariana ontem, ainda por causa do que aconteceu na minha festa! Iupiii...! À tarde eu e a Pri vamos ao shopping fazer umas comprinhas, ela já andou tirando algumas informações e sabe de fonte segura que o MAIS estará lá hoje também. Quem sabe eu não dou sorte?

– Eu já vou, pai! Já levantei!

Melhor eu correr, antes que ele me deixe para trás pela terceira vez só essa semana.

♥

Aulas tediosas, ultimamente a minha vida se resume a isso. Eu estou trancada em uma sala abafada, tendo aulas chatas enquanto o mundo me chama e implora pela minha presença. Os professores voltaram a reclamar do meu desempenho no colégio. Dizem que não estou tirando boas notas, voltei a falar mais que a boca e vivo dormindo na mesa.

Claro, essa vida de celebridade das baladas está acabando comigo. Sabe há quanto tempo não durmo direito? Lógico que não saio todos os dias, até que eu gostaria, mas meus pais não deixam, então passo a noite no computador conversando com meus amigos. De fato, tenho feito algumas extravagâncias, mas os adultos sempre exageram na dose! Vou ficar quietinha por umas duas semanas, depois eles voltam a me adorar!

Enquanto isso não acontece, tenho que prestar atenção na aula, senão já viu, né? A mãe da Dora vai bater o cartão de pontos no colégio de novo e, dessa vez, não vai ouvir elogios!

♥

Química, matemática, intervalo (aleluia!), geografia e biologia, os minutos não passam, ou passam no compasso mais lento da minha vida. Tudo porque eu não vejo a hora de chegar ao shopping pra ver o MAIS. A Priscila me disse que está confirmado, ele vai mesmo. Disse também que ouviu um boato de que ele terminou com a Mariana, pois ela estava com ciúmes de mim! Que notícia 10!

Saí da aula saltitante, mal podia acreditar que estava a poucos minutos de conseguir o que queria. Venho batalhando o MAIS há pelo menos um ano! Sem contar os outros anos, todos de olhares e paqueras. Acho que gosto dele, desde... ah, nem sei desde quando. Mas já faz bastante tempo, acredite!

Ah! Lembrete de última hora! Passar algumas gotinhas do perfume da dona Emily. Agora estou pronta e que venha o MAIS!

♥

Shopping lotado, burburinho, muita azaração e nada do MAIS! A Priscila me garantiu que ele estaria aqui. Pior que não encontro ninguém.

Priscila saiu mais cedo do colégio hoje, foi para casa trocar de roupa e disse que me encontraria aqui. Na verdade, ela queria passar no escritório do pai dela, para cobrar a mesada do mês que já estava atrasada. O pai da Pri é um empresário bem-sucedido da nossa região, mas ultimamente parece que ele não anda dando muita sorte. A mãe da Pri vive reclamando da pensão atrasada, que ele não pagou o colégio, que ele não mandou o dinheiro do condomínio. Os dois são separados desde que a Priscila tinha quatro anos e, segundo ela, foi melhor assim. Mesmo separados eles brigam o tempo todo, então imaginem se eles estivessem casados ainda! Coitada da minha amiga. O fato é que a Priscila ficou de pegar a mesada no escritório do pai e me encontrar aqui, mas até agora não apareceu.

Sorvete... sorvete... milhões de calorias em um único copinho de sorvete. Isso é uma loucura! Eu adoro comer bobagem. Sorvete, chocolate, tortas, doces, biscoito recheado... hummmm eu amo biscoito recheado. Minha mãe sempre me diz que devo aproveitar agora para atacar essas coisas, pois, quando eu crescer, certamente não poderei comê-las. Segundo minha mãe, que adora ler revistas sobre plásticas e dieta, as adolescentes têm o metabolismo acelerado (ou seja, gastam muita energia, consequentemente, muitas calorias!) então podem comer à vontade, desde que se exercitem regularmente. Daí a minha total falta de preocupação com comida, não me privo de um sorvetinho no shopping ou um sanduíche de vez em quando.

Meu pai tem outra explicação para a minha gula e minha magreza. Ele diz que sou magra de ruindade! Como assim? Os pais não deveriam rotular os filhos de coisas ruins, principalmente uma garota fofa e meiga como eu! Vê se pode dizer que eu sou uma má pessoa?

♥

Meu sorvete já estava quase no fim, quando escuto uma voz deliciosa vindo atrás de mim.
– Será que sobrou um pouco pra mim?
Ahhhhhhh! Quase que eu fiquei toda derretida! Era ele! O MAIS me pedindo um pouco do meu sorvete! Não consegui controlar a euforia e colocando um pouco de sorvete na boca eu disparei:
–Vem pegar!
Ai, como eu estou abusada! E ele então? Ele veio pegar, amiga! Ele veio pegar.
Meu primeiro beijo foi como sempre sonhei! Graças a Deus! Com um cara lindo, no meio do shopping e com gosto de morango! Foi mais que maravilhoso, eu quase subi pelas paredes e fiquei com uma vontade enorme de sair pulando e gritando no meio do shopping para todo mundo saber que eu – Dora, a poderosa – consegui finalmente ficar com o MAIS!
Quanta felicidade tomou conta de mim naquela tarde. Ficamos no shopping por várias horas. Fomos ao cinema e assistimos a uma comédia romântica, ele é tão fofo que nem reclamou da minha escolha (meninos adoram filmes de ação

e detestam comédias românticas). Depois ele me deixou em casa e disse que nos veríamos outro dia. Antes de ir embora, ele me deu o seu telefone e disse que eu poderia ligar quando quisesse. Ele é o máximo! Isso mesmo... de hoje em diante, ele não é mais o MAIS, ele é o MÁXIMO!

Ah! Uma observação, a Priscila não apareceu. Provavelmente seu pai não liberou a grana da mesada e ela ficou chateada e preferiu não ir. E para ser bem sincera, a minha tarde foi perfeita sem ela, talvez ela tivesse estragado tudo.

Outra coisa, quem já beijou sabe como é, mas para aquelas que assim como eu ainda não experimentaram, a sensação é a seguinte: a gente fica nervosa, sente um frio na barriga insuportável, até treme um pouquinho, na verdade, eu tremia muito e quase fiz xixi nas calças, realiza só o vexame! Realizou? O ato em si foi: molhado, com gosto de morango por causa do sorvete (Uhhh... delícia! Nunca mais poderei tomar um sorvete de morango sem me lembrar deste dia), as línguas se encontraram na minha boca primeiro e depois na boca dele (não sei bem quem estava no controle das línguas, mas o sincronismo foi perfeito! Isso deve ser um bom sinal), demorou alguns segundo (mais ou menos 60 segundos – quase uma eternidade) e quando o beijo terminou, eu fiquei um pouco tímida, vermelha e com medo de que ele percebesse que era a minha primeira vez. Mas foi perfeito! E acho que ele não percebeu nadinha!

Nem preciso dizer que após o primeiro, vieram vários outros, né? Eu fui me acostumando e não perdi uma oportunidade de aprender um pouco mais sobre os segredos do beijo. O de despedida foi o mais longo deles e o mais triste também, pois não faço ideia de quando terei outra sessão de beijos ardentes! Mas de maneira geral: amei!!!

♥

Que tarde maravilhosa! Matei as duas últimas aulas e fui na Arena Games como, o MAIS. Dessa vez, passamos à tarde jogando "Dance, dance revolution", eu ganhei todas, mas tenho a impressão de que não foi porque ele tenha dois pés esquerdos e dance mal, mas sim, por gentileza! Como ele é fofo!

Ele elogiou o meu perfume várias vezes, disse que é maravilhoso e me pediu que usasse sempre. Será que isso funciona mesmo? Será que foi o perfume que conquistou Joaquim para Cecília e agora está conquistando o MAIS? Não pode ser! Ele está apaixonado por mim e não pelo perfume. Não acredito nesse tipo de coisa, mas continuarei usando o perfume por via das dúvidas. Tive tanto trabalho para conquistá-lo e não vou perdê-lo por nada!

Foi incrível, inacreditável, na verdade. Mas tem um problema. Você se lembra do que disse no começo da história? Esqueceu? (Ei, presta mais atenção, ok?) Então vou repetir: eu matei a aula hoje! Se minha mãe descobrir, não quero estar perto. Ela vai me engolir viva!

19. A LIÇÃO QUE DONA EMILY NÃO ENSINOU

Aniversário em família, festinha com um monte de criança e suas brincadeiras irritantes. Que programa de índio, eu não mereço. Enquanto minha turma vai à piscina do clube, eu fico imaginando o quanto vai ser legal, mas não posso ir. Minha mãe resolveu fazer a festa de aniversário do pestinha e me escalou literalmente para ser a garçonete da festa. Só faltou ela me obrigar a colocar fantasia de palhaço para animar os pirralhos!

– Dora! Preciso que você vista isso! Vem ver se serve!

– O que é isso? Eu não vou usar essa fantasia ridícula! Nem pensar! Não mesmo!

– Dora, acho que você não entendeu. Você está de castigo por ter cabulado aulas no colégio. Lembra? Pois bem, eu te dei duas opções: a primeira, ser garçonete na festa do seu irmão, com toda boa vontade. E isso inclui usar uma fantasia de super-herói. Ou ficar um mês sem sair de casa, indo apenas de casa para escola e da escola para casa. E qual foi a sua resposta?

– Mãe, eu aceitei ser garçonete, não mico de circo!

– Dora, boa vontade incluía a fantasia. Que parte da explicação você não entendeu?

– Mãe, você não me falou nada sobre usar fantasia!

Mãe... não... mãe...mãeeee...

Pronto, não falta mais nada. Ela acaba de bater a porta na minha cara e deixar essa fantasia terrível em cima da minha cama. Será que ela acha mesmo que eu vou usar isso? Ainda bem que o pessoal do colégio está no clube e nem pensa em passar aqui, imagina se eles me vissem assim.

Essa não é a primeira vez que mamãe me faz vestir algo grotesco e bancar a babá de trinta garotos enlouquecidos. Meu irmão está fazendo sete anos e desde os quatro, meus pais insistem que ele precisa de uma festa anual para se socializar. Só rindo mesmo! Desde quando esse moleque encrenqueiro precisa de motivo para se socializar? Ele se socializa quase todos os dias brigando na rua. Meu irmão é bom de briga, outro dia ele arrancou sangue de um garoto. Eu estava indo buscá-lo na escola, quando vi um monte de meninos gritando e empurrando uns aos outros. De repente vejo que o motivo era meu irmão e outro garoto ruivinho se pegando no tapa. Meu primeiro impulso foi de apartar a briga e segurá-lo. Mas depois resolvi esperar para ver como ele lidava com a situação, eu não quero um irmão saco de pancadas, achei melhor ver se ele sabia se defender, caso contrário, iria sugerir ao meu pai um curso de boxe, intensivo de férias ou algo assim. Nem precisava, além de bater no menino que saiu chorando, ainda conseguiu arrancar sangue do braço do garoto. Nessa hora fui em cima e o peguei pelos cabelos, ou quase, e saí arrastando. E não é que ele queria mais? Sacudiu, me xingou com palavrões cabeludos e disse que precisava bater mais no garoto para impor respeito, para que os outros garotos não o chamassem de "mariquinha". E minha mãe ainda acha que ele precisa se socializar. Mais?

Festa rolando, barulho de deixar qualquer pessoa normal maluca, de camisa de força, e eu não tinha como escapar, estou servindo docinhos e equilibrando uma bandeja de refrigerantes vestida de "Batgirl", com capa e tudo. Dessa vez minha mãe realmente caprichou.

Lembro que na festa de cinco anos, ela também inventou essa história de fantasia. Eu e a Mel estávamos em casa, sem nada para fazer, doidas para sumir, mas sem nenhum convite ou ideia brilhantes para fugir das investidas da minha mãe. Certa hora, Mel se cansou de tentar achar uma desculpa e embarcou na da minha mãe.

Ela me convenceu a usar uma fantasia de havaiana e entrar na brincadeira. Servimos as crianças, participamos das brincadeiras dos animadores e ainda enchemos a cara de bolo. E quer saber? Foi ótimo! Em raras ocasiões me diverti tanto. Eu e a Mel formamos uma boa dupla de garçonetes de festa infantil. É uma pena estarmos meio afastadas este ano.

A galera deve estar curtindo muito na piscina do clube. Na próxima, espero não estar de castigo e poder ir também. Não sei como eu consegui convencer o MAIS de que eu não iria, porque precisava participar da festa do meu irmão. Contei uma história comovente, de como somos ligados um ao outro e que meu irmão ficaria muito triste se eu não fosse. E ele acreditou!

♥

— Mãe! O interfone tocou!
— Deixa que eu atendo.
— Quem era?
— Mas alguns convidados da festa.
— Você quer dizer, mais umas criancinhas piolhentas e mal-educadas, é isso?
— Dora, se comporta filha. Isso é jeito de falar. Você também já foi uma criancinha piolhenta. Aliás, muito piolhenta (disse ela e saiu rindo!).
— Eu não me lembro disso! Não lembro, ouviu?
A campainha tocou.
— Dora, atenda a porta e pare de falar bobagem.
Claro, claro... lá vai a escrava abrir a porta, servir docinhos, equilibrando a bandeja de refrigerante e...
— O que vocês estão fazendo aqui!
— O que é isso, Dora? Já é carnaval? (Disse a Priscila, enquanto a galera do colégio em peso ria da minha cara!)

— O que vocês estão fazendo aqui?

— A sua mãe convidou a gente. E achamos que talvez você gostasse de nos ver!

— Mãeeeeeee! (Fui até a cozinha, quase aos prantos!)

— Mãe! Eu sei que não ando sendo a filhinha exemplar que você queria, mas que ideia mais absurda foi essa? Você está querendo me humilhar? Se é isso, parabéns, você conseguiu! Estou me sentindo a última das últimas, uma formiga! Uma mísera formiga!

— Dora, não fica assim...eu achei...

— Achou?! Desde quando mãe foi feita pra achar?

— Dora, não fala assim com sua mãe! (Meu pai disse da porta com a voz firme.)

— Eu odeio isso! Vocês me fizeram passar a maior vergonha na frente dos meus amigos. Eu abri a porta vestida de "Batgirl depois de um atropelamento", com essa fantasia barata e horrorosa! Ai, que raiva!

— Calma, filha, eles nem repararam!

— Ah não! Amanhã vai sair no jornal do colégio: "Dora, a popular, vestida de gata atropelada, servindo docinhos e tubaína para um bando de moleques remelentos na festa do ano!" Ótima manchete! Ótima! Muito obrigada! Obrigada mesmo por acabar com a minha reputação na escola! E arruinar a minha vida!

Saí correndo para a lavanderia, enquanto meu pai tentava me dar um sermão, na tentativa de achar alguma roupa na máquina de lavar, ou até mesmo uma roupa suja no cesto, qualquer coisa para não voltar à sala com aquela fantasia. E graças à minha Santa Chanel do Pretinho Básico e das "Fashionistas desesperadas", encontrei a roupa que usei no dia anterior. Ufa! Um mico a menos!

Voltei para a sala e estavam todos lá, rindo, provavelmente da minha cara. Tentei disfarçar, fingir que a fantasia fazia parte de uma brincadeira que acabara de acontecer e que, por um amor imenso ao meu irmãozinho, eu estava naquela festa.

No decorrer da tarde, percebi algumas máscaras caindo e isso sim me incomodou. Priscila olhava para os docinhos que minha mãe fez com tanto carinho com cara de nojo. Vi essa cena, seguidas vezes, para ser mais exata todas as vezes que alguém lhe oferecia um doce, bolo, um salgadinho, qualquer coisa, até água, ela fazia aquela cara. O MAIS, eu esqueci de comentar, enquanto eu brigava com minha mãe na cozinha, ele também apareceu, parecia um dos meninos. Bebia refrigerante e arrotava junto com meu irmão. Talvez achando que estavam montando uma banda de rock, "Os Arrotes". Que cena bizarra, bizarra mesmo! No verdadeiro significado da palavra. As outras garotas não ficavam atrás, faziam caras feias quando quaisquer dos meninos se encostavam nelas, como se eles tivessem alguma doença contagiosa.

Na hora ninguém comentou sobre a minha fantasia ou sobre a minha postura e participação na festinha. Mas no dia seguinte...

Como eu havia previsto, deu manchete de página inteira, parece que esse foi o único acontecimento relevante do final de semana. Em todos os corredores, em todas as classes e, pior, em todos os celulares, (eu não havia reparado, mas Ceci, uma das minhas "amigas" presentes, tirou fotos com o celular, no momento em que me virei e fui para a cozinha interrogar a minha mãe!) corria a minha foto de "Gata estropiada". O que causou, sem sombra de dúvidas, gargalhadas estridentes.

Talvez o estrago tivesse sido menor se eu ainda fosse a Dora, a simpática. Talvez soasse como mais uma das minhas várias extravagâncias. Mas para a Dora, a popular, esse era o mico do ano. E eu sabia, eles não iriam perdoar.

Durante toda a semana, sucessivos momentos de fofocas e piadas envolvendo o meu nome. Até mesmo o MAIS estava se comportando de forma fria e evasiva. Difícil de acreditar que uma inocente fantasia colocaria o meu reinado de Garota do Ano em risco.

Essa lição não estava no diário de Cecília; em nenhum momento, dona Emily ensinou que tipo de pessoas nós deveríamos atrair ou como selecionar apenas as que nos interessavam.

Ser admirada significa, antes de muitas coisas, ser cobiçada e atrair todo tipo de pessoa para o seu convívio. Ser invejada e ter sua privacidade totalmente escancarada ao domínio público sempre que você fizer algo que julguem não ser adequado. E mesmo com todas essas faces ruins da popularidade, eu confesso que não quero voltar a ser simplesmente a Pandora da terra de ninguém, aquela que atravessa a multidão sem ser notada. Então, o que fazer?

20. Ninguém merece!

Uma bomba no colégio! Não foram os terroristas nem Al Qaeda, muito menos teve a ver com a Terceira Guerra Mundial. Não! Os ufólogos também não avistaram nenhum E.T., eles não estão invadindo a Terra, mas nem por isso menosprezem a gravidade dos acontecimentos.

A revista de fofoca de maior circulação do país saiu esta manhã com um furo de reportagem, como dizem os jornalistas. Mas não é um furinho à toa, não! Visualiza: o padrasto da Mariana saindo da sua mansão, algemado e indo direto para a cadeia. Ao fundo da foto, na capa da revista, a mãe da Mariana com uma pequena valise de mão, de uma grife francesa chiquérrima, com os objetos pessoais do marido. Junto com eles, o advogado da família.

Divulgaram em todos os noticiários de norte a sul do país, todas as emissoras cobriram, o telejornalismo transmitia boletins de segundo a segundo sobre o assunto. Vários bisbilhoteiros e especialistas em "achismos" apareceram na TV dando suas opiniões sobre o tema. Cada um à sua maneira dizendo coisas péssimas sobre o padrasto da Mariana.

Um vexame completo, como há muito a mídia não tinha, e até por isso, vinha aguardando ansiosa pelo momento de poder lavar a roupa suja na lavanderia do senador Rubídio.

No colégio não se fala em outra coisa, meu King Kong na festinha do meu irmão já foi completamente esquecido e enterrado diante dos acontecimentos atuais. Que bom para mim! Já não aguentava mais as piadinhas repetidas e as ofertas de emprego como animadora de festa infantil. Você acredita que até meu professor de história levou a sério e me chamou para animar a festa de aniversário de cinco anos da filha dele? Uma chateação que parece ter chegado ao fim!

Nos últimos dias, senti na pele o lado ruim da fama e da popularidade. As pessoas a admiram por coisas que elas inventam e se você não corresponde àquela imagem, elas logo tacham você de inexistente e te condenam a voltar ao anonimato. Muitos daqueles que se diziam meus amigos sumiram e não me retornavam as ligações. Em alguns momentos, cheguei a me sentir muito mal com tudo isso. Mas depois as coisas foram se acertando e tudo voltou a ser como antes.

Eu e o MAIS estamos às boas de novo, saímos anteontem, tomamos sorvete e ele me levou para vê-lo jogar vôlei com os garotos do condomínio onde ele mora. Foi muito legal, porém, como ele mesmo observou, eu estava diferente, "estranha", nas palavras dele. Também, como ele gostaria que eu me sentisse depois do gelo que ele me deu por causa do mico que paguei? Ele agiu como um idiota, ele fugiu de mim por alguns dias, foi esnobe, riu das piadas que fizeram comigo. Como ele pode achar que uma tarde inteira juntos poderia resolver tudo. Acho que me decepcionei com ele. Acho não, tenho certeza de que algo se quebrou. Quando a gente gosta de alguém, a gente fica ao lado da pessoa, aconteça o que acontecer, mesmo não concordando com os fatos, minha mãe sempre me diz isso: é questão de lealdade. Eu concordo! É ser cúmplice, legal, gentil e compreensivo que torna as relações humanas melhores. E ele não se mostrou capaz disso. A única pessoa que pareceu não achar graça das tiradas e sarros com minha cara foi o Rogerinho, que, aliás, foi um fofo. Sempre me apoiou, dizendo: "Sua mãe a fez vestir uma fantasia de Batgirl? Sua mãe é muito legal, na última festa lá em casa, eu tive que usar uma roupa de príncipe. E eu tive que beijar todas as 'sapas' de pelúcia que a Ema ganhou, pra ver se virariam princesas!" (Ema é a irmã dele, que fez nove anos e ganhou uma festa com decoração de princesa. Mas obviamente ele estava apenas brincando!)

♥

Três dias se passaram desde a fatídica capa da revista e nada da Mariana aparecer na escola. Eu já estava ficando preocupada com ela (verdade, agora que o MAIS está na minha, não tenho por que alimentar sentimentos ruins a respeito dela). Outro dia ouvi meu pai dizer que as pessoas estão sendo cruéis com a família da Mari, que não devemos "chutar cachorro morto". Acho que ele quis dizer que não devemos tripudiar em quem está na pior, mas seus ditados antigos às vezes são pura metáfora e difíceis de entender. Como eu ia dizendo, eu já estava ficando preocupada com ela, quando no quarto dia finalmente ela deu sinal de vida. Apareceu na escola para fazer uma prova e foi embora logo em seguida.

Quase que instantaneamente outro boato correu pelos corredores cheios de alunos ávidos por uma nova fofoca, como urubus por carniça. Começaram a dizer, ninguém sabe exatamente quem, muito menos se a fonte é segura ou não, que a mãe da Mari estava internada, por ter tido uma recaída pelas drogas não aguentado a pressão da mídia em cima dela. A aparência cansada da Mariana e sua aparição relâmpago eram indícios de que algo estava muito errado, mas daí a tirarem esse tipo de conclusão já é muita maldade.

Comecei a relembrar que até pouco tempo Mariana era a queridinha dos colegas de classe, dos professores e até de quem dizia não gostar dela (não gostavam, mas amavam ir à casa dela e participar das festas na piscina e aproveitar a mordomia). Agora parece que a garota pegou lepra ou coisa pior. Ninguém mais a reconhece, não querem falar com ela, tenho certeza de que poucos telefonaram para saber se ela precisava de apoio, se estava bem ou se precisava de alguém para conversar. Falsidade é isto! Definitivamente é isto: uma pessoa que só gosta de você quando você está bem ou tem algo a oferecer. Se você estiver numa pior, precisando de ajuda ou não puder oferecer mais nada, esse tipo de "amigos" some imediatamente. Essa é a minha definição de falsidade, faça bom proveito dela!

♥

Pobre Mariana, ninguém merece o que está acontecendo com ela. Parece que os boatos se confirmaram, a mãe dela realmente está internada por causa do álcool e das drogas. Ela está sozinha em casa com os empregados. Voltou a frequentar as aulas, mas é a última a chegar e a primeira a sair; pelo menos os professores estão sendo decentes com ela, por que não os alunos? Esses estão sendo cruéis!

Ela não sai nos intervalos, quando todos vão para o pátio, ela se recolhe na sala da recepção, que fica ao lado da sala dos professores, e fica lá falando ao celular. Faz várias ligações antes de voltar para a aula. Imagino que deva estar falando com o pai, com os médicos ou com os advogados. Não deve estar sendo nada fácil para uma garota com a idade dela lidar com tudo isso sozinha.

Enquanto isso, no "mundo encantado do MAIS", ele segue a vida como se nada estivesse acontecendo. Nenhuma preocupação, nenhuma compaixão, nem mesmo um comentário solidário. Esse garoto é um saco cheio de estrume de vaca, como diria meu avô! Estou cheia dele. Decepção é uma palavra muito leve para definir o que sinto por ele agora. Não que eu quisesse que ele corresse atrás da Mariana para dar apoio. Mas que pelo menos mostrasse que se importa com ela. Que ligasse para dar apoio, que dissesse a ela que se importa e que está triste com o pesadelo que se tornou a vida dela. Mas ele não tem nobreza de sentimentos, falta generosidade, sabe?

Falta generosidade nele, mas sobram falta de educação, arrogância (como ele é esnobe!) e ainda esbanja burrice (segue o show de palavras inventadas que ele usa para parecer inteligente; antes eu achava graça, hoje dói no meu ouvido). Outro dia ele me fez passar a maior vergonha na frente da Mel. Quis dar uma de espertinho e falou uma idiotice do tamanho do mundo. Ali ficou claro que o sol derreteu o cérebro dele, enquanto ele surfava. Só pode ter sido isso. O dia em que ele morrer farão uma autópsia e descobrirão que o cérebro dele ficou igual a um plástico queimado, todo derretido e grudado no fundo do crânio. Eu posso até apostar! Se é que vão encontrar algum cérebro naquele monte de músculo que fala! Eu não aguento mais esse cara, para mim ele não passa de um MENOR com letras maiúsculas!

♥

Peguei o diário de Cecília novamente esta manhã. Eu queria saber das impressões dela sobre Joaquim. Se ela também havia se decepcionado com ele ou se sentia frustrada por perceber que todo o seu empenho foi por algo que no final não valia a pena, assim como eu me sinto a respeito do MENOS.

Encontrei uma página cheia de corações desenhados e uma declaração de amor melosa que claramente me contrariava.

"...Joaquim me ofereceu flores hoje, ele é muito romântico. Semana passada escreveu-me uma poesia dizendo que sou a mais bela flor que ele já viu. Joaquim é mais do que eu sonhava, muito melhor do que eu esperava... eu o amo de todo coração..."

Parece que algumas garotas têm mais sorte no amor do que outras!

21. Caindo na real

"A posição de Mercúrio indica um ótimo dia para esclarecimentos e abertura de uma nova percepção." Isso é o que os astros me reservam para hoje, pelo menos, segundo o meu guru do jornal. Não sei exatamente o que isso quer dizer, mas como acredito que ele nunca erra, ficarei atenta aos sinais. Não parece algo ruim "uma abertura de percepção" e só o fato de não falar em briga no meio-céu, já fico tranquila!

Acordei no horário, praticamente um milagre. Tomei meu banho com calma, meu café completo e mais um pouco, li minhas colunas preferidas no jornal, enquanto minha mãe arrumava o Tiago para sair também (quem é Tiago? Acho que esqueci de apresentar corretamente: Tiago é meu irmão, o pestinha!).

A caminho da escola, vi Rogerinho no ponto de ônibus e pedi ao meu pai que lhe desse carona. Fomos conversando amenidades, como duas pessoas nitidamente embaraçadas com a presença dos meus pais.

Quando descemos do carro, antes de entra pelo portão, eu quis conversar com ele e agradecer pela ajuda no dia da festa. Não andamos nos vendo muito e eu ainda não havia tido chance de agradecer.

— Rogério.

— Nossa, você me chamou de Rogério? O assunto deve ser sério.

— Seu bobo...

— Pronto... já começou a ofender, a Dora de sempre voltou. Dora, a possuída!

— Credo, Rogério, não fala assim, que horror! — E os dois riram.

— Fala...

— Eu só queria agradecer pela força do dia da festa. Senão fosse por você, certamente os pais da Priscila teriam descoberto que eu bebi e mesmo não sendo minha culpa, eles me entregariam aos meus pais...

— Como assim não foi sua culpa?

— É... eu não sabia o que era...

— Dora, você sentiu o cheiro, mesmo assim bebeu da primeira vez. Percebeu que não era água e mesmo assim bebeu da segunda vez. Como assim não foi sua culpa?

— Como você é careta, Rogério! Você quer dizer que nunca bebeu?

— Dora, eu não vou mentir para você. Já tomei uma cerveja ou outra com meus amigos. Até já bebi com meus pais em épocas festivas. Mas nunca fiquei bêbado, isso não está certo. Principalmente na nossa idade...

— Ok... ok... Não te chamei aqui para levar sermão. Eu só queria agradecer e já agradeci: obrigada! Mas isso não te dá o direito de me julgar ou de me dar sermões.

— De nada, Dora — ele disse e foi saindo, sem querer ouvir mais nada.

♥

Fui para a aula inconformada com o jeito que o Rogerinho falou comigo. Não via a hora de falar com ele novamente. Eu estava decidida, na hora do intervalo iria procurá-lo e diria algumas verdades para ele.

O tempo custou a passar, eu estava angustiada, aflita, queria muito falar com o Rogerinho de novo e esclarecer as coisas. Não gostei da maneira como me tratou. Ele me deixou plantada na porta e entrou, sem me dar direito de resposta. Todo mundo sabe que em um debate todos têm direito de resposta. Quem ele pensa que é? Mas ele vai ter que me ouvir.

Finalmente chegou o intervalo. Saí da sala atropelando a professora, precisava encontrar o Rogerinho o mais rápido possível, minha garganta estava engasgada com um "sapo" enorme atravessado entre minhas cordas vocais, e eu precisava tirá-lo de lá.

Quando avistei o Rogério, ele estava de costas e parecia estar sozinho, mas, conforme me aproximei, percebi que ele estava com uma garota. Eu só a conhecia de vista, ela também era nova no colégio e ainda não parecia fazer questão de se enturmar. Ela faz aquele gênero garota inteligente e superior, com o nariz empinado como se não precisasse de amigos para ser feliz, então não fazia a menor questão de tê-los. Cheguei mais perto e percebi que Rogerinho estava bastante empolgado com a conversa. Ele olhava para ela com certo interesse no olhar.

Sem pensar nem um segundo, eu me dirigi a eles e disse:

– Desculpa interromper... mas será que podemos conversar?

– Tem que ser agora?

Que cara de pau a dele me perguntar isso. Claro que tem que ser agora, senão por que estaria aqui interrompendo?

– Claro, se você puder!

– Tudo bem – ele me disse e se dirigindo para ela falou:
– A gente se vê depois, Bruna.

Bruna? Então o nome dela, da metidinha a inteligente, é Bruna.

– Pode falar, Dora. Estou ouvindo.

– Você acredita mesmo que tem o direito de falar assim comigo?

– Assim como, Dora?

– O que você quis dizer quando me acusou de ter bebido de propósito e de ter até gostado de ficar bêbada?

– Eu quis dizer o que eu disse! Que você sabia o que estava fazendo e que queria chamar a atenção do Gabriel na festa.

– Como assim? Chamar a atenção do Gabriel por quê?

– Dora... todo mundo sabe...

Gelei.

– Sabe do quê?

– Que você queria chamar a atenção dele na festa. Que queria acabar com o namoro dele com a Mariana. E tanto fez que conseguiu. Terminou o namoro dos dois e ficou com ele, isso também todo mundo já sabe.

– E daí que todos sabem? Eu nunca escondi isso de ninguém. Nem mesmo da Mariana. Foi ela que se colocou entre nós e não eu...

– Dora... isso realmente não me importa. Eu só gostaria que você não fizesse mais esse papel de líder das garotas insuportáveis para conseguir o que quer. Você não é assim. Não precisa disso para que todos gostem de você.

– Rogério, o que você sabe de mim?

– Eu sei que você era mais legal antes, quando falava mais que a boca e deixava seus melhores sentimentos tomarem conta de você. Eu sei que eu gostava mais da Dora de antes, extrovertida e insegura, que não fazia questão de agradar, mas agradava. Que ajudava todos sem interesse, era genuinamente simpática e não fazia a menor questão de andar com essas garotas de miolo mole!

—Você gostava da Dora boba, aquela que ninguém convidava para fazer nada. Que as pessoas humilhavam e passavam por cima sem dó. Era essa a Dora de quem você gostava? Não quero mais ser assim. Eu estou melhor agora.
— Não, Dora, não está. Eu duvido que você esteja feliz tendo que mentir para seus pais. Escondendo que bebeu. Dizendo que vai para escola e matando aulas para ir ao shopping. Escondendo que está de recuperação em algumas matérias e mentindo que vai dormir na casa da Mel quando, na verdade, vai sair com o Gabriel ou com a Priscila.
— Como você sabe dessas coisas?
— Eu não sei, Dora... é só um palpite.
—Você anda me espionando?
— Dora, eu preciso falar com a Bruna. Mas pensa direito no que anda fazendo, tá?
— Rogério eu não terminei de falar...
— Dora, eu realmente preciso ir. Tchau!

♥

Aquela conversa estranha de alguma forma me tocou. Cheguei na classe, chorando. Minha professora me perguntou o que tinha acontecido e eu disse apenas que estava com dor de cabeça, então ela me mandou para enfermaria. Tomei um remédio e fui dispensada.

Cheguei em casa e fui para o meu quarto chorar mais. Não estava triste de verdade, mas sentia um aperto no peito que estava me sufocando. Tentei pensar em algo que pudesse ajudar a me sentir melhor, lembrei do diário de Cecília e resolvi reler para entender se ela, em algum momento da sua busca, se deparou com uma situação de desconforto como a que eu estava passando.

Achei que depois de conseguir o que queria me sentiria muito feliz, mas não é assim que me sinto agora. As coisas que o Rogério me disse fazem sentido, eu também já ouvi boatos de que tudo que fiz foi pelo MAIS, de que a Mariana chora todos os dias por causa de seus problemas familiares e que o fato de o MAIS tê-la trocado por mim só piorou as coisas para ela.

Não sou uma pessoa má nem quero o mal da Mariana. Eu me sinto péssima por ela estar passando por tudo isso, não queria... eu não queria causar sofrimento a ninguém. Eu só queria que as pessoas gostassem de mim. Eu queria ser feliz!

Minha mãe sempre diz que existem várias percepções da felicidade. Alguns acham que a felicidade está na ausência de problemas, outros acham que a felicidade é a maneira como você encara seus problemas, alguns acham que a felicidade é um momento de grande alegria, mas existem também os que acham que ela não existe.

Eu achei que encontraria a minha seguindo os conselhos de dona Emily. Que da mesma forma que ajudou Cecília, poderia me ajudar também. Eu entendi tudo errado. Aqueles conselhos não eram para resolver os meus problemas. Eles me indicavam o caminho para me tornar alguém melhor e não pior. Onde eu me perdi? O que fiz de errado? Eu não quero mais ser assim... Não quero mais o MAIS, nem ser amiga de quem não vê quem eu realmente sou. Não quero mais mentir para os meus pais e fazer coisas que não me dizem nada.

Eu me perdi, mas eu vou me encontrar.

22. Pedir desculpas é uma arte

Há alguns dias não consigo sair de casa me sinto indisposta e não quero falar com ninguém. Minha mãe está preocupada, disse até que vai me levar ao médico. As mães são todas iguais. Quando eu era pequena, ela me levou para fazer um eletroencefalograma, sabe que exame é esse? É para saber se uma pessoa tem problemas mentais! Minha mãe já me achava doida aos seis anos! Isso é até engraçado!

Agora com essa minha fase solitária e introspectiva, ela voltou a se preocupar com minha saúde mental. A parte boa é que estou sendo mimada, como há muito tempo não acontecia. A ruim é que ela não para de perguntar se está tudo bem e obviamente não está!

♥

— Dora, abre a porta, filha.
— Pode entrar, está apenas encostada.
— A Luzinete precisa limpar seu quarto, você não quer sair um pouco?

– Ela precisa mesmo limpar? Me deixa quieta aqui, depois eu mesma arrumo.
– Dora, filha... você não pode ficar aqui pra sempre. Seus amigos estão ligando e você...
– Quem ligou?
– A Priscila, ligou várias vezes. A Mel também, um garoto chamado Gabriel, o Rogério...
– O Rogerinho ligou?
– Sim.
– E por que você não me chamou?
– Você disse que não queria falar com ninguém... repetiu várias vezes... "mãe eu não estou para ninguém".
– Por que será que ninguém me entende? Era ninguém, menos o Rogerinho.
– Você está gostando dele, filha?
– Que pergunta é essa? Você está invadindo a minha privacidade! É claro que eu não gosto dele! É óbvio que não!
– Sei... então vamos sair desse quarto?
– Não quero!
– Dora, você não prefere me dizer o que está acontecendo?
– Não!
– Por quê? Você acha que eu não entenderia?
– É!
– Os filhos têm mania de achar que os pais nascem velhos.

– Os pais têm mania de esquecer que já foram jovens.
– Por que você não tenta me contar? Eu prometo que vou ouvir sem fazer julgamentos. E seja lá o que estiver acontecendo vai ficar entre nós, e eu não vou castigá-la.
– Você promete?
– Espero não me arrepender, Dora, mas prometo!

Fui até o guarda-roupa e peguei o diário de Cecília que havia escondido embaixo de um monte de roupas. Mostrei-o para minha mãe e comecei a contar a história desde o princípio. Contei tudo que havia acontecido no colégio desde a chegada da Mariana. Os encontros e desencontros com a Rafaela, meu interesse, minha paixão, conquista e decepção com o MAIS. Segui contando as minhas frustrações com as amigas duas caras que fiz e sobre o que aconteceu na festa. Essa foi a única hora em que ela interrompeu a minha narrativa.
– Dora, você ficou bêbada na festa?
– Você disse que não faria julgamentos!
– Dora, isso é muito sério! Quem te deu bebida?
– Mãe, sem julgamentos!
– Dora, eu vou ter que contar isso para o seu pai. Ele não vai gostar e provavelmente vai querer castigá-la.

— Mãe! Onde está a sua palavra de mãe? Você prometeu, sem castigo e sem julgamento. Será que não posso confiar nem na palavra da minha mãe?

— Tá bom, Dora, eu prometi. Continua...

Continuei contando sobre as dicas de dona Emily e meu acesso de popularidade. O lado bom e o lado ruim das coisas que haviam acontecido durante aquele ano. Os últimos episódios da novela da vida dela, pois a vida da Mariana com certeza um dia ainda vai virar novela das oito. E de como o mundo da Mari desmoronou nos últimos dias e ainda falei da minha contribuição para piorar as coisas.

Dei um tempo para que ela lesse algumas partes do diário e depois finalizei dizendo como estava me sentindo triste com tudo aquilo. E que não sabia como consertaria as coisas, na verdade, nem sabia se tinha conserto.

♥

— Que história bonita, filha. De quem é esse diário?

— Não sei. Eu o encontrei enterrado no quintal da casa do vovô nas últimas férias.

— Você perguntou ao seu avô ou à sua avó se eles sabem de quem é?

— Não. Fiquei com medo de que eles não me deixassem ler e escondi. Trouxe para casa e pretendia devolver nas próximas férias.

— Dora, você não precisa se sentir tão mal. As coisas que estão acontecendo com a Mariana não são culpa sua. A família dela é maluca, o que você pode fazer?

— Eu piorei as coisas pra ela. Não fui leal e...

— Opa... opa... vamos parar por aí. Ela também não foi leal com você, filha. Ela ficou com o garoto que você gostava e isso também não foi legal.

— Eu sei, mas... sei lá.

— E a Rafaela mostrou que não era sua amiga de verdade. Você também não deve se culpar por isso.

— Mãe, você não está ajudando.

— Dora, você fez algumas coisas ruins, sim. Mentir para nós é algo que não podemos admitir. Somos seus pais e não gostamos do seu comportamento irresponsável. Ficar bêbada em uma festa é algo muito sério e eu espero que não se repita. Ficar em recuperação no colégio também é péssimo considerando o esforço que seu pai e eu fazemos para mantê-la naquele colégio. Você sabe como é difícil para nós. Mas o resto...

— Eu sei que errei e quero consertar tudo, mas não sei como.

— Dora, o resto são coisas normais que acontecem na vida de qualquer garota da sua idade. Querer ser popular para ter um milhão de amigos. Apaixonar-se e não ser correspondida. Perder um amor para a melhor amiga. Confiar em alguém e se arrepender. Ser mesquinha e vingativa...

Quem nunca passou por isso que atire a décima pedra, minha filha!

— O que é isso, mãe? Não seria a primeira pedra?

— Ai... Dora... eu também já passei por problemas semelhantes. Acho que todo mundo passa. O importante é deixar claro o que você é de fato. Assumir os erros, aprender com eles e se tornar alguém melhor.

— É fácil falar... difícil mesmo é fazer...

— Pedir desculpas não é fácil, eu sei, mas coloque nas suas palavras uma dose de arrependimento, seus sentimentos mais sinceros pela pessoa e diga o que gostaria de dizer.

— Me parece muito difícil.

— Dora, o que você pretende? Entrar para um convento de tanta culpa que está sentindo por ter cometido alguns erros?

— Sabe que isso não é uma má ideia!

— Filha, a melhor maneira de você reverter essa situação é pedindo desculpas às pessoas que magoou. Tentar não cometer os mesmos erros novamente e seguir em frente. Afinal, você precisa passar de ano, senão as coisas ficarão bem feias para o seu lado.

— Mãe!

— É isso mesmo! Agora levanta dessa cama e vai estudar que a Luzinete precisa limpar esse quarto.

— Já vou... já vou.

Minha mãe tinha razão, pedir desculpas e acabar de vez com aquele clima de guerra fria no colégio era a melhor maneira de aplacar as minhas culpas e começar uma nova etapa na minha vida social.

O ano letivo já está no fim, eu terei que me esforçar em dobro para tirar boas notas e não ser reprovada, missão quase impossível para uma garota que passou o ano todo na gandaia e agora tem que tirar o atraso em pouco mais de duas semanas.

♥

Estou tão estressada e tão cansada com os acontecimentos e com a pressão dos meus pais para que eu não perca o ano.

Ontem encontrei o Rogério, foi a primeira vez que conversamos depois do sermão que ele me deu. Devo confessar que estava mesmo precisando de um puxão de orelhas e é bom saber que tenho amigos como ele que estão dispostos a dizer na minha cara que estou errada e que deveria rever os meus conceitos. Isso me fez refletir e acabou gerando a conversa que tive com minha mãe e as fichas foram caindo gradualmente. Foi bom.

Conversamos sobre várias coisas, eu pedi desculpa pelas grosserias que falei a ele e também agradeci pelos toques. Ele é tão fofo que apenas sorriu e logo mudou de assunto para que eu não ficasse ainda mais constrangida. Ele é um amigo de verdade!

Depois de conversarmos inúmeras amenidades e algumas besteiras que me recuso a contar (são coisas íntimas, entende?), eu me abri com ele e falei das minhas preocupações com relação às provas e da minha dificuldade em reverter as notas. Novamente ele, como um mágico tirando um coelho da cartola, me veio com uma ótima sugestão. Rogerinho é bom nisso, como todos os meninos, ele tem SRP (Síndrome de Resolver Problemas), todos os garotos têm. Você já reparou que não pode falar de um problema para seu pai, irmão ou um amigo (qualquer um do gênero masculino) que eles sempre têm uma sugestão prática para te dar?! Assim que fechei a boca, Rogério já tinha toda uma estratégia traçada para me ajudar a ter boas notas nos exames finais. Eu adorei as sugestões, principalmente porque entre elas haviam aulas particulares na casa dele! Rogério sempre foi ótimo aluno, mas recentemente andou tendo problemas com química e, como ele pretende cursar medicina na faculdade, não pode menosprezar essa matéria. Daí seus pais contrataram uma estudante de química da faculdade federal para ajudá-lo. E como mais uma vez todos os santos juntos estão conspirando a meu favor, química é uma das matérias em que eu estou pendurada. Então ele me sugeriu que fosse ter aulas junto com ele. A matéria não é a mesma, mas a sua jovem professora é muito legal e com certeza não se recusaria a me ajudar. Topei!

23. Rogerinho é o meu número

Estou exausta, todas as manhãs tenho aulas no colégio e à tarde vou para a casa do Rô (para os íntimos) para ter aulas com ele e Elizabete, a estudante de química que está nos ajudando; chego em casa lá pelas seis da tarde, tomo um banho, janto e vou estudar mais um pouco antes de dormir.

Minha vida social de antes, com mil atividades, telefonemas intermináveis e os convites para as festas praticamente não existe mais. Minha mãe me fez prometer que eu daria atenção integral aos estudos, senão ela contaria ao meu pai que eu bebi na festa. Tudo bem que isso não foi uma promessa involuntária, na verdade, eu fui vítima de chantagem! Mães só deveriam dar bons exemplos, eu estou errada?

No dia seguinte, começa tudo de novo e essa rotina está me deixando aos pedaços. Qualquer dia desses esquecerei um quarto de mim na escola, outro quarto na casa do Rogério estudando, outro quarto na minha cama dormindo, e só vai sobrar, se minha matemática estiver razoável, só vai sobrar mais um quarto para perambular feito zumbi pela cidade. Definitivamente estou acabada!

Amanhã começam as provas finais, já estudei tanto que estou com medo de ter uma pane cerebral, um curto-circuito entre tangente, hipotenusa, tabela periódica e o quadrado da raiz de sei lá o quê! Ando até sonhando com as fórmulas. Outro dia meu irmão disse que entrou no meu quarto, eu estava dormindo e repetindo em voz alta várias palavras engraçadas, que ele naturalmente não sabia o significado e foi chamar minha mãe para saber que língua eu estava falando. Minha mãe o tranquilizou dizendo que eu estava repassando a tabela periódica pela milésima vez aquela semana. Parece até um pesadelo!

♥

Dia de prova final. Estou com muito medo. Já fui ao banheiro umas dez vezes e estou suando frio. Já rezei, já chorei, já fiz tudo que podia, agora preciso entrar na sala, pegar a prova "no dente" e arrasar. Senão eu ficarei arrasada pelos próximos doze meses.

Na porta da escola, a primeira pessoa que vejo é a Mariana, ela está chegando com o motorista que carrega seu material até a sala. Ela está abatida e não parece nada bem. Mariana também ficou para os exames finais em duas matérias e não tenho certeza se conseguiu estudar.

Na sala, os professores nos colocaram em carteiras alternadas, na ilusão de nos impedir de trocar umas colinhas.

Até parece, quanto mais eles criam métodos para evitar que isso aconteça, mais os alunos ficam engenhosos e sofisticam suas técnicas. Eu fui colocada exatamente em uma carteira atrás da Mariana, que ficou um pouco apreensiva com isso. Bom, a minha parte eu fiz, passamos os últimos quinzes dias numa maratona estudantil, revisando a matéria do ano todo. Agora é só botar em prática e não me apavorar que vai dar tudo certo. Pensamento positivo!

Começa a prova e temos apenas 45 minutos para resolver dez questões que englobam todo o conteúdo do ano letivo. Ok, não está tão difícil assim, eu diria até que está fácil. Estava quase terminando, quando olhei no relógio e constatei que fiz a prova em apenas 28 minutos, praticamente um recorde mundial. Conferi todos os resultados, o nome na parte superior da folha, tudo certo... é... tudo certo.

Antes de entregar a folha, observei que a Mariana estava com uma cara amedrontada e mal tinha colocado o lápis em cima do papel. Não tive dúvidas, grande parte do sofrimento que ela estava enfrentando foi provocado pela minha postura, então era a hora de ajudá-la. Rascunhei com lápis, bem de leve, as fórmulas que usei na prova e algumas respostas. Não fiz o serviço completo, afinal ela precisa saber pescar! Providenciei para que na hora em que eu levantasse para entregar a prova o papel planasse sob a mesa dela. Ela me olhou espantada, mas com gratidão no olhar. Ninguém percebeu nada, e quinze minutos depois ela estava saindo animadamente da sala.

♥

Chegou o momento. Mariana se aproximou para agradecer a cola. Eu prontamente aproveitei para me desculpar por tudo que havia ocorrido entre nós. Disse que o MAIS foi um erro e que todas as discórdias e fofocas foram inúteis e não fizeram bem a nenhuma de nós. Ela concordou e também se desculpou.

Eu me senti aliviada, não aguentava mais ficar culpada por tudo de ruim que acontecia a ela. Sei que não tenho culpa de tudo nem quero mais pensar nisso. Mas é bom tirar de dentro da gente algo que está machucando. Nós nos sentimos leves e é bom me sentir assim! A paz vai voltar a reinar na "Doralândia" – o mundo encantado de Dora.

♥

Cheguei em casa eufórica. A Luzinete estava terminando o almoço, e eu louca pra contar a novidade para a minha mãe. Como ela não estava, tinha ido ao supermercado, comecei a tagarelar com a Luzinete mesmo. Contei que a prova foi ótima, que o apoio do Rogerinho tinha sido fundamental, que fiz as pazes com a Mariana, enfim, que tive uma manhã incrível.

Enquanto eu falava sem parar, minha mãe chegou com as compras e uma novidade quentinha!

Todos esses dias de estudo na casa do Rogério fizeram com que eu ficasse muito próxima da família dele. Até a esnobe da mãe dele, que nunca me engoliu, agora se rendeu aos meus charmes.

– Dora, sabe quem eu acabei de encontrar no supermercado?

– Não faço ideia.

– A Sueli.

– A mãe do Rogério?

– Isso. Eu já estava pronta para escutar alguma reclamação de você por ter ficado estudando na casa dela todos esses dias, mas não...

– Qual é, mãe? Você acha que sou o monstro da má educação? Que não sei me comportar na casa dos outros?

– Quase isso, Dora, quase...

– Tá bom... tá bom... e daí? O que ela disse?

– Ela elogiou você. Disse que se comportou muito bem e que apoiou o Rogério nos estudos.

– Ufa! Que bom!

– E também...

– Também o quê?

– Ela me pediu para deixar você passar o próximo final de semana na casa de praia com eles.

— E você?

— Bem, na verdade, ela não pediu, ela praticamente me obrigou a deixar. Argumentou que vocês estudaram demais e mereciam descansar depois das provas finais.

—Você concordou?

— Que jeito! Ela foi tão incisiva!

— O que é incisiva, dona Carla? — pergunto Luzinete à minha mãe.

— Firme nos seus argumentos, convincente, Luzinete... ou algo assim...

— Então você concordou? Concordou mesmo? Eu vou conhecer a casa de praia deles? Jura?

— Calminha aí, dona Dora. Eu ainda preciso falar com seu pai, mas por mim tudo bem.

— Aiiiii, mãe! Mãezinha querida... adorei... adorei....

— Adiantou dizer que o pai dela é quem vai decidir, Luzinete?

— Acho que não, dona Carla.

♥

Hoje fiz a última prova, acho que fui bem, a menos que esteja muito enganada, deu para passar, sim.

Encontrei o Rogério na saída, ele me disse que foi muito bem na prova de química e que o professor fez questão de corrigir a prova na hora e dar o resultado, ele passou!

Eu agradeci o convite para passar o final de semana com eles na praia, disse que o meu pai deixou e que eu já estava com as malas prontas (exagero da minha parte, claro!). Ele ficou contente e disse que vai me ensinar a surfar como havia prometido meses atrás. Não vejo a hora. Estou contando os minutinhos.

♥

A saga por um biquíni novo. Foi assim que passei a minha sexta-feira à tarde. Fui ao shopping com minha mãe comprar um biquíni novo para a viagem. Uma loucura, nós entrávamos e saíamos das lojas e nada de encontrar algo que me agradasse e ao mesmo tempo preenchesse os conceitos de decência da minha mãe.

Ou o biquíni era pequeno demais, ou eu ficava parecendo uma velha. Que dificuldade!

Após duas horas de peregrinação por todas as lojas de moda de praia existentes no shopping, finalmente, eu encontrei um biquíni que além de me agradar, passou no "controle de qualidade moral" da minha *mamy*!

♥

Passei a noite fazendo as malas, eu queria levar tudo que tenho no guarda-roupa, mas é evidente que tive que me controlar, senão teríamos que ir para praia a pé, enquanto o pai do Rogerinho seguiria de chofer para as minhas malas.

O interfone tocou pontual às sete e meia, eu já estava vestida e havia acabado de tomar café. Ouvi todas as recomendações da minha mãe no primeiro tempo, depois tive uma sessão *replay* com meu pai no segundo tempo. Ambos com o mesmo discurso: não incomodar, ser educada, não sumir, não se perder, não entrar no mar quando os pais dele não estivessem por perto (escuto isso desde os três anos), não fazer bagunça na hora de dormir, arrumar as minhas coisas, ajudar a mãe dele na cozinha, blábláblábá...blábláblá...blábláblá...

Peguei minha mala e saí quase correndo elevador abaixo, antes que eles iniciassem uma nova sessão de "conselhos" extras!

Na portaria, Rogério estava à minha espera com um sorriso largo no rosto. Eu também estava contente em vê-lo.

Este *findi* promete! Pensei sozinha com meus botões. Prometi aos meus pais que me comportaria, mas será que dar uns beijos no Rogerinho quebraria alguma regra de comportamento? Dora, deixa de ser assanhada. Repreendi a mim mesma.

Passamos duas horas divertidas dentro do carro, o pai do Rogério é muito divertido, contava piadas bobas e achava tudo muito engraçado. Enquanto nós morríamos de rir da cara dele, o Rogério ajudava botando mais pilha no pai... "conta outra pai... conta outra..."

Quando chegamos à casa, havia uma empregada na porta esperando para ajudar a descarregar o carro. Eu e Rogerinho também ajudamos e levamos as malas para o quarto, enquanto ela e dona Sueli levavam as compras para a cozinha.

A casa deles não é nenhum Palácio de Versalhes, mas devo confessar que dona Sueli, a esnobe, é muito jeitosa com decoração. Ela conseguiu deixar uma casa de três dormitórios com um aconchegante ar de pousada.

Eu fiquei com um quarto só pra mim. Rogerinho e seu irmão ficaram no segundo quarto e seus pais na suíte. O senhor Ronaldo e a dona Esnobe, opa desculpem, dona Sueli têm uma filha também, Daniela, mas Dani, que é mais velha, está prestando vestibular e por esse motivo não foi para a praia conosco.

Almoçamos e depois fomos dar uma volta na cidade. Tudo muito fofo. Adorei as lojas, as lanchonetes e também a marina. Fiquei encantada com a beleza do lugar. É uma cidade pequena, com praias afastadas e quase paradisíacas.

Fim do dia na sorveteria, um jantar maravilhoso feito pela Jurema, empregada de dona Sueli, aliás preciso fazer um elogio rasgado à comida da Jurema, minha mãe precisa pegar algumas de suas receitas, ela cozinha divinamente. À noitinha, um pouco de TV e cama.

O galo mal havia cantado e Rogerinho já estava batendo à porta do meu quarto. Cara, o que é isso? Na praia todos acordam com o canto do galo? Socorro! Já estou com saudade da cidade.

– Dora. Dora, acorda! Dora...

– Oiê! – respondi, nitidamente irritada.

– Vamos... coloca seu biquíni, pega a prancha da Daniela e vem...

– Coloca o quê...? Vamos... aonde? Pega quem? Rogério, eu ainda estou dormindo!

– Dora, você não quer aprender a surfar?

– O que isso tem a ver? Lições de surf só entram na cabeça se começarmos aprender antes das sete da manhã? É que nesse horário a praia está vazia, o mar está de ressaca e pegamos as melhores ondas... e...

– Tá bom! Já vou!

Não tinha jeito mesmo, se eu não me levantasse, ele daria uma aula teórica do outro lado da porta e, de qualquer forma, dificilmente eu conseguiria dormir e retomar meus belos sonhos do ponto onde parei.

Resolvi levantar. Coloquei meu biquíni, um short de lycra, peguei a prancha da Dani e fui tomar o café. Para meu espanto, Jurema já estava com a mesa posta e tudo arrumado; para um espanto maior ainda, ela mantinha no rosto um sorriso largo que iluminava toda a cozinha. Mas às sete da manhã?

Enquanto as pessoas matracavam ao meu redor, eu mal conseguia balançar a cabeça para cima ou para baixo, indicando um sim ou não ao que me ofereciam. A mastigação involuntária era feita como se eu fosse sonâmbula. Pra dizer a verdade, nem sei o que comi, estava tudo muito bom, mas algumas frutas eram indecifráveis ao meu paladar.

Fomos a pé para a praia, que fica a trezentos metros da casa deles. Quando chegamos, apenas alguns outros surfistas madrugadores estavam a postos no mar esperando pela onda perfeita. E eu nem sabia ainda como iria me equilibrar em cima da prancha para não levar o meu primeiro "caldo" com estilo.

Rogerinho com toda boa vontade iniciou as aulas na areia, depois, num ato de extrema ousadia, ele me levou para o mar e testou meu grau de aprendizado. Acho que no início minha nota girava em torno de 4,5, mas com o passar das horas eu fui melhorando e terminei o dia com: oito "caldos" hilários, três tentativas ridículas de ficar em pé na prancha, duas pancadas na cabeça quando a prancha me atropelou e um apelido irritante (que eu não digo nem morta) com o qual os outros surfistas me batizaram por assim dizer.

– E aí, Dora, gostou?

– Adorei, mas acho que vou gostar mais quando conseguir parar de cair da prancha!

– Verdade.

Rogerinho já me surpreendeu muitas vezes, sempre de forma positiva. Fiquei fascinada com o carinho, a educação e a gentileza dele comigo durante todo o final de semana. Sempre preocupado com meu bem-estar, com meu conforto, em saber se eu estava curtindo. Ele é tão atencioso! Passei a vê-lo de forma diferente com certeza. Antes, ele era só um carinha bonitinho, mas agora vejo que ele vai além disso. Ele tem algo especial, algo que não sei bem o que é, mas de que gosto.

Infelizmente, o final de semana chegou ao fim, curti muito tudo que vivi nesses dois dias. Arrumei minhas malas com uma pontinha de saudade e eu ainda nem tinha saído pela porta.

Eu me despedi da Jurema, prometendo voltar (que oferecida eu!). Mas eu sentia que era bem-vinda. A dona Sueli me disse que eu poderia vir sempre e que, da próxima vez, eu iria adorar passear com a Daniela e fazer programas de meninas, não apenas ficar surfando com o Rogerinho. Se ela soubesse que adorei passar o final de semana inteiro ao lado dele...

Nada aconteceu de fato. Nenhum beijo, nenhum amasso, nada além de troca de olhares que diziam tudo. Eu estou parada na dele e tenho certeza de que ele também está parado na minha!

24. Dolorosas consequências

Segunda de manhã, depois de um final de semana pra lá de maravilhoso, eu me deparei com a minha realidade. Hoje sai o resultado das provas finais e vou saber se fui reprovada ou não. Minha mãe fez questão de me acompanhar ao colégio para saber o resultado. Nem preciso dizer que estou morrendo de medo.

– Estou nervosa.

– Deve estar mesmo.

– Mãe, você quer parar de piorar as coisas. Já estou bastante nervosa com tudo isso. Não preciso de mais pressão!

– Dora, vai logo pegar esse resultado, que eu ainda tenho que ir para o trabalho.

Depois de alguns minutos, eu voltei para o carro com cara de enterro. Minha mãe estava desconsolada imaginando que pagou um ano todo de colégio para nada. Até que...

– Te peguei! – gritei, rindo feito uma boba!

– Graças a Deus, você conseguiu!

– Graças a Deus e a todos os meus santos juntos. – Nunca consegui me decidir de qual santo deveria ser devota, então achei que o mais justo seria invocá-los sempre todos juntos.

— Espero que tenha aprendido a lição. E que no ano que vem não tenhamos que passar por tudo isso novamente.

— Mãe, isso não é hora para sermão, é hora para comemoração!

— Que comemoração, Dora? Eu vou comemorar trabalhando!

— Me deixa na casa da Mel antes de ir para o trabalho? Eu quero contar pra ela como foi o final de semana.

♥

Na hora do jantar, quando eu contei para o meu pai o bom resultado dos exames finais (como se ele já não soubesse, a linguaruda da minha mãe já havia ligado para ele à tarde e contado tudo, então só me restava contar os detalhes), minha mãe começou a planejar a viagem de fim de ano.

Meus pais estarão de férias também e irão comigo e com meu irmãozinho para a casa dos meus avós como fazemos todos os anos. Passaremos as festas por lá e, depois, talvez nós teremos um final de semana na praia antes de voltarmos ao ritmo normal para o novo ano.

Entre a lista de compras e o lembrete de levar o repelente de mosquito, não sei qual a conexão, mas mamãe se lembrou do diário e disparou:

– Dora, não se esqueça de levar o diário para colocá-lo no lugar de onde tirou!

– Que diário? – perguntou meu pai, curioso.

– Dora encontrou um diário enterrado no quintal da casa dos seus pais, nas últimas férias. Ela o trouxe escondido e agora eu quero que ela leve de volta.

– Mas de quem é o diário, Dora? É da sua avó?

– Não, pai, claro que não! Na verdade eu não sei de quem é... Ele fala de uma tal de Cecília... um Joaquim e tem também a Veridiana e a... Dona... Emm...

– Cecília e Joaquim?

– É, você os conhece?

– Claro, Dora, eles são meus avós, pais do meu pai.

– Mas como... eu nunca ouvi falar deles.

– Seu avô já não está com a cabeça boa, suas lembranças estão desaparecendo. Ele só consegue se lembrar de fatos recentes, por isso não fala mais dos pais dele.

– Mas você sabe algo sobre eles? – perguntei muito curiosa.

– Sim, algumas coisas. Eu não os conheci, pois eles morreram antes de eu nascer.

– Mas você sabe como eles eram?

– Calma, Dora, por que toda essa curiosidade?

– Conta logo!

Diante da minha impaciência, papai não teve escolha e começou a contar tudo o que sabia sobre nossos ancestrais.

Disse que seu bisavô veio da Rússia, fugindo da revolução e trazendo suas duas filhas com ele, Cecília e Veridiana. Quando chegaram aqui, ele conseguiu comprar o sítio, onde vovô mora até hoje. A família do meu bisavô Joaquim também era recém-chegada de Portugal e mantinham um ótimo relacionamento com meu tataravô. Joaquim se apaixonou por Veridiana e a pediu em casamento, mas depois de algum tempo (meu pai não soube explicar por quê) ele trocou Veridiana por Cecília, a filha mais nova.

Pelo que eu entendi, meu bisavô Joaquim casou-se com Cecília e tiveram três filhos, entre eles o meu avô. Eles viveram muito felizes por algum tempo, mas morreram ainda jovens em um incêndio no sítio da família.

– E a Veridiana, pai? O que você sabe dela?

Parece que Veridiana nunca se casou. E foi ela quem tomou conta do meu pai e dos irmãos dele, quando Joaquim e Cecília morreram.

– Uau! Ela cuidou deles?

– Sim, Dora. Inclusive, seu avô a chamava de mãe. Mas de quem é o diário afinal?

– É da... é da minha avó, pronto! (Olhei para minha mãe, para que ela não dissesse nada. Achei que não seria boa ideia meu pai ler o diário.)

Logo após o jantar, voltei para o meu quarto e peguei o diário. Li novamente algumas partes, mas desta vez como se me visse ali. Fiquei pensando se eu seria uma pessoa diferente se em vez de ser bisneta da Cecília eu fosse bisneta da Veridiana de verdade. Será que faria alguma diferença? Será que Joaquim teria morrido no incêndio? Será? Será...?

Minha mãe entrou no meu quarto logo na sequência. Ela compreendeu a minha decisão de não mostrar o diário ao meu pai e decidiu que deveríamos enterrar o passado onde ele estava.

Nós duas combinamos que assim que chegássemos ao sítio, faríamos um ritual em homenagem às mulheres da nossa família e enterraríamos novamente o diário. Apenas eu, ela e a Cookie.

25. Enterrando o passado

As malas já estão prontas, meu pai está carregando o carro e minha mãe está dando banho no pestinha para podermos partir.

As férias chegaram e o tradicional descanso no sítio é sagrado. Não estou muito animada desta vez, pois os pais do Rogerinho pediram aos meus para deixarem que eu fosse com eles passar as férias na praia. Mas papai respondeu com um categórico "não"! Disse que nossas férias no sítio são insubstituíveis e não negociáveis e que surgiriam outras oportunidades para eu viajar com a família do Rogerinho novamente.

Eu entendi a posição do meu pai. Meus avós já estão velhinhos e precisam da nossa companhia. Não seria justo privá-los de algo que eles curtem tanto, como ver a família toda reunida.

Arrumei todas as minhas coisas, sem esquecer de ajeitar a caixinha de Pandora, como apelidei a caixa com o diário da minha bisavó. Limpei tudo e encaixei o diário, a caneta e os frascos exatamente como estavam.

— Vamos, Dora. Seu pai já desceu.

— Vamos. Eu já estou pronta.

No carro, a farra de sempre: meu pai tentando dirigir, minha mãe lendo uma revista, eu e o irritante brigando. Tudo igual!

Vovó nos esperava no portão, enquanto meu avô balançava na sua cadeira favorita, estrategicamente posicionada na varanda para que ele acompanhasse o movimento de quem chegava. A Cookie também veio nos recepcionar com toda alegria do mundo.

Descarregamos o carro, arrumamos as coisas nos quartos, ajudamos minha avó com o almoço, depois com a louça e enquanto todos foram descansar e tirar a soneca da tarde, eu e minha mãe tínhamos uma missão a cumprir.

♥

O ritual.

Minha mãe adora um ritual. Ela achou que não poderíamos simplesmente enfiar a caixa de volta no buraco e jogar a terra em cima.

Então ela preparou um plano. Primeiro cavamos um buraco bem mais fundo que o anterior, depois nós pegamos várias rosas brancas que ela havia trazido, retiramos as pétalas e colocamos dentro do buraco. Enquanto nós fazíamos isso, a Cookie corria em volta da caixa e parecia angustiada com um cheiro que saía de dentro dela.

Minha mãe abriu a caixa para verificar e encontrou o frasco do perfume, que ainda estava cheio. Eu não havia contado esses detalhes para ela, mas nem precisei dizer que usei o perfume para ela tomar a decisão de jogar o conteúdo do frasco no lago que passa pelo sítio.

Remontamos a caixa, agora com todos os frascos vazios, em seguida minha mãe fez uma oração invocando as mulheres já falecidas da família e enterramos a caixa.

Foi um ritual muito interessante. Ao final, prometemos que não falaríamos mais sobre o assunto e que nunca mais desenterraríamos a caixa.

Não contei nada à minha mãe, mas antes de fechar definitivamente a caixa e enterrá-la, eu acrescentei ao diário um capítulo que conta brevemente a minha experiência com a caixa, o meu grau de parentesco com as personagens da história e os problemas que tive por procurar nos conselhos de dona Emily o meio mais fácil para resolver os meus problemas. Achei isso necessário, caso alguém mais tarde encontre a caixa no futuro e resolva fazer o que eu fiz.

Lição aprendida:

"Não existe fórmula mágica para alcançar o que se quer (seja lá o que for!). Ser popular não elimina os problemas, apenas traz responsabilidades sobre as mensagens que você passa para os outros. Ser feliz depende do esforço de cada um em conviver bem com seus defeitos e tentar enxergar sempre o lado bom da vida. Resolver seus problemas com sabedoria e não com desespero. E desejar apenas aquilo que realmente lhe fará bem, nada mais e nada menos!"

Li isso em algum lugar e adorei. Dora também é filosofia.

26. Notícias de última hora

As férias acabaram e eu estou de volta louquinha para saber todas as fofocas!

Como estão minhas amigas? O que fizeram? Por onde anda a Mariana, a Mel, a Pri, e até a Rafaela e o Gabriel, por que não?

Eu estou cheia de novidades fresquinhas para contar também. Minha passagem pelo sítio foi ótima; quando voltamos, meu pai concordou que eu passasse mais um final de semana na casa de praia da família do Rogerinho e adivinha? Eu já sei surfar! Dora, a surfista radical!

E não para por aí, entre uma onda e outra o Rogério criou coragem e me pediu em namoro! A reação dele foi muito engraçada: primeiro ele me beijou, depois pediu desculpas e perguntou se poderia beijar de novo. Eu aguento? E minha resposta? Dei-lhe outro beijo e depois não pedi desculpa, claro! Daí ele criou coragem e disparou um clássico (e até meio fora de moda): "Quer namorar comigo?". Nessa hora, ele estava com as bochechas rosadas e com uma carinha muito fofa.

Ficou combinado que estamos ficando ou de namorico, somos muito novos para falar de namoro ou algo que leve a um compromisso. Sem contar que nossos pais já estão com a pulga atrás da orelha como diz a minha avó. Tudo isso por causa de uns beijinhos; se nós assumirmos um namoro então, meu pai me prende no armário e só vai me deixar sair de lá quanto eu tiver trinta anos. Imagina?

Na escola, outras novidades: desde o ano passado, correm boatos de que eu seria a nova radialista da rádio do grêmio estudantil, já que a atual radialista está se formando. E não é que era verdade mesmo?! Eu fui convidada para ser a nova radialista. Iupi! Que máximo! Estou liberada para falar tudo que quiser. Quer dizer, quase tudo. Tirando palavrões (nem pensar!), fofocas sobre a vida dos alunos (de jeito nenhum) e comentários irrelevantes de qualquer natureza (também não pode!), enfim, na verdade posso apenas dar recados dos professores, fazer lembretes sobre as provas, boletins sobre o tempo, comentar os jogos dos times do colégio e fazer anúncios de serviços comunitários. Mas tudo bem, este pode ser o início de uma carreira gloriosa, disse-me um professor!

Agora vamos às fofocas que interessam:

Mariana tirou uma ótima nota no exame final e foi aprovada. Mas preferiu não continuar no colégio, está morando com o pai na Europa e estudando por lá. Sua mãe se recuperou e já está gravando uma novela. Ela também já tem um novo "pretê", o que é ótimo e faz bem para pele. O ex-padrasto de Mari ainda está na cadeia, mas quem se importa?

Mel arrumou um namorado, e vocês não vão acreditar! Ele é a cara do príncipe Harry. Eita, garota de sorte essa! (E não é inveja, não! Eu também tenho meu príncipe encantado!)

O Gabriel deixou de ser o MAIS, foi reprovado novamente e seu pai o matriculou no supletivo. Uma pena! Tão bonitinho e tão burrinho.

Meu pai recebeu uma promoção e me prometeu uma viagem para visitar a Mariana na Europa. Você pode imaginar? Dora em Paris? Que delícia, eu vou cobrar!

Mamãe está cada vez mais neurótica, principalmente agora que estou oficialmente "ficando" com Rogerinho. Ah, e tem mais, ela virou amiga de infância da dona Esnobe, ou seja, da minha "sogra". (Rogerinho que não me ouça, ele não iria gostar do apelido carinhoso que eu dei para mãe dele.)

Rogerinho vai muito bem, obrigado, também passou no exame final e este ano está indo rumo à faculdade. Ele vai passar um ano fazendo cursinho e se tudo der certo, ano que vem ele seguirá os passos da sua irmã Daniela, que entrou para uma ótima universidade e vai fazer arquitetura! Como vocês já sabem, Rogério quer ser médico.

Ah! Lembra da Luzinete e o quebra-quebra na cozinha? Eu a convenci a fazer aulas de ioga no centro comunitário aqui do bairro. Ela está adorando e até ficou menos estabanada. A minha mãe também está mais feliz por não ter que repor a cada duas semanas os copos lá de casa.

Meu irmão continua aprontando todas, você acredita que outro dia ele... Ah! Deixa pra lá, as travessuras dele já ganharam muito espaço na minha história. Não sei nem por que falo tanto dele.

A insuportável da Ludmila (desculpa gente, mas eu não sou de ferro) está namorando um menino superfofo! Não sei como ela não envenena o garoto na hora de beijar! (Não é maldade minha, não!)

Eu? Eu estou ótima, voltei a tagarelar em sala de aula. Ganhei um programa semanal na rádio do grêmio do colégio para comentar o tempo, as provas, passar lembretes aos alunos, etc (eu acho que já falei disso!). A Mel está na minha classe e agora seremos inseparáveis e insuportáveis para alguns professores. Já estou vendo meus pais assinando as advertências e nós duas sendo expulsas da sala de aula o ano todo. Vamos bater um novo recorde mundial. O Rogerinho diz que tenho que me comportar, mas como se eu não consigo controlar minha "verborreia"? Outro dia chegou uma garota nova no colégio e meu professor insistiu para que fizesse o papel de anfitriã, eu resisti, sabe como é... os últimos acontecimentos me deixaram meio... mas depois eu achei que não faria mal... daí a garota... não, você não pode nem imaginar...

Aos amigos, agradeço de coração!

Agradeço a todas as pessoas que me inspiram todos os dias com suas histórias e seus conselhos.

Agradeço em especial aos meus grandes amigos dos quais não vou citar nomes, pois não caberia neste livro inteiro (tenho sorte por ter muitos bons amigos), mas eles sabem de quem estou falando. Aos que me apoiam, me ouvem e torcem por mim. Gostaria de abrir parênteses aqui para dedicar este livro também às pessoas que, de alguma maneira, dificultaram a minha vida, mesmo que sem intenção, pois eles me ensinaram a perseverar! E isso também é uma grande contribuição na formação do caráter de alguém.

E principalmente agradeço àqueles que ajudaram a tornar meus sonhos possíveis.

Agradeço aos blogueiros e blogueiras que acompanham e ajudam a divulgar o meu trabalho com tanto carinho. Amo todos vocês!

E finalmente agradeço à equipe da minha editora, por acreditar em mim e no meu trabalho. E também pela dedicação e lealdade.

Muito obrigada a todos! Eu sou muito feliz por tê-los em minha vida!

Este livro foi impresso na editora JPA Ltda.